DER ÜBERGRIFF

Bibliografische Information der Deutschen Nationalbibliothek

Die Deutsche Nationalbibliothek verzeichnet diese Publikation in der Deutschen Nationalbibliografie; detaillierte bibliografische Daten sind im Internet über http://dnb.dnb.de abrufbar.

Bearbeitete Neuauflage, 1. Auflage 2001

Umschlaggestaltung: BoutiqueBrutal.com
Druck und Bindung: GGP Media GmbH, Pößneck
ISBN 978-3-99027-272-5

FSC
www.fsc.org
MIX
Papier aus verantwortungsvollen Quellen
FSC® C014496

URSULA KRECHEL

Der Übergriff

Erzählung

mit einem Nachwort von
Antje Rávik Strubel

JUNG
UND
JUNG

1
DIE BELÄSTIGUNG

Immer, wenn ich den Mund aufmache, erhebt sich neben mir eine Stimme. Sie sagt laut und vernehmlich: Halt's Maul. Obwohl ich schon seit den unzähligen Malen, bei denen ich meinen Mund geöffnet habe, weiß, dass es diese Stimme gibt, überrascht sie mich jedes Mal von neuem. Sie krächzt nicht, sie poltert nicht, sie spricht mit überlegener Klarheit. Die Luft zwischen meinem Ohr und der Stimme ist frisch, fast eine Fröstelluft, eine ernüchternde Luft. Wenn ich den Mund öffne, um zu essen oder um zu küssen, oder ihn einfach staunend offenstehen lasse, weil ich glaube, dass ich wieder die Stimme gehört habe, bleibt die Stimme still. Es ist also einerseits vernünftiger, den Mund nur zu öffnen, um zu essen, zu küssen, zu staunen, dann entginge ich der Belästigung durch die Stimme, doch andererseits, manchmal, einfach so, möchte ich etwas sagen. Wäre die Stimme keine Stimme, sondern eine Hand, ich müsste zugeben, dass sie sich wie eine Ohrfeige anfühlt. Eine Ohrfeige, die aber auf meinen Mund zielt. Manchmal ducke ich mich unter ihr weg, mit einer geschickten Drehung des Kopfes, dann prallt die Stimme mit voller Wucht auf die Luft, beult sie aus, dort, wo noch vor einem Bruchteil einer Sekunde mein Mund, den ich nicht Maul nennen möchte, gewesen ist. Zwischen der Stimme und mir viel unbereinigte Luft, die jetzt durchschnitten wird. Die Stimme ist herrisch und ziemlich laut, doch nicht ungewöhnlich laut, eher gewöhnlich laut, ich könnte mit ihr argumentieren, ich könnte ihr Vorwürfe machen, dass sie das ganze Luftgefüge zwischen meinem Ohr und meinem Mund verschiebt, umschichtet, durcheinanderwirbelt, dass sie in meinen offenen Mund hineinstrahlt. Ich könnte, wenn ich mich sehr, sehr anstrengen würde, diese Stimme überhören. Ich weiß, was sie sagt, ich weiß, dass andere Stimmen, denen ich gerne zuhöre, andere Sätze sagen, Sätze über das ausbleibende Gewitter, über die Kränklichkeit des Hundes. Die Stimmen, die ich kenne, rennen mehrmals rund um den Block, hecheln ein bisschen mit ihren gesunden Lungen und Zungen, grüßen im Lauf – und schon sind sie vorbeigerauscht. Gesund sind diese Stimmen allemal, bis tief in die mit Freundschaftsbanden umwickelten Stimmbänder. Jede Freundschaftsgabe ist eingewickelt, eingeschnürt. Komm doch, sagen die verbindlichen Stimmen, wir laden dich herzlich ein. Nur die Stimme in meinem Ohr, die Halt's Maul sagt, ist nüchtern und knochentrocken. Ich habe der Einladung nicht Folge geleistet, mein Stuhl blieb leer, ich wollte verreisen, ich bin schon verreist, dafür entschuldige ich mich.

Die Stimme neben meinem Ohr schallt in meinen Kopf hinein, als wäre das Ohr nur ein Trichter für Gemeinheit. Ich weiß nicht genau, ob man diese hineinträufelt oder ob sie herausquillt. Ich bin in diesem Augenblick so beschämt über den unklaren Körpervorgang, dass ich überhaupt nichts höre, weder die Stimme, die

Halt's Maul sagt, noch die vielfältigen alltäglichen Freundlichkeiten, denen nicht zu trauen ist. Andere Stimmen sagen vielleicht: Wart ein bisschen, und lass mich etwas sagen, ehe du zu sprechen anfängst. Alles in höchst zivilen Formen. Oder sie entschuldigen sich für die Unterbrechung, doch führen sie gute Gründe an für die augenblickliche Spontaneität, mit der sie einsetzen. Gründe, denen ich nichts entgegenzusetzen hätte.

Halt's Maul. Ich höre die Stimme auch schon, wenn ich nur den Mund öffne, um zu sagen: Nein, ich sehe dies vollkommen ein, ich habe dem nichts entgegenzusetzen. Also sage ich nichts, schließe meinen offenstehenden Mund, und die klar akzentuierte, höfliche Stimme, die ja in Wirklichkeit keineswegs durch eine Höflichkeit von mir unterbrochen werden wollte, spricht weiter. Höflich ist es eigentlich nicht, ins Ohr eines Menschen zu rufen: Halt's Maul. Es tut aber seine Wirkung. So vergesse ich die Unterbrechung, ich höre zu, was jemand zu mir sagt, nicke, schaue, starre geradeaus, und alles hat seine gute Ordnung. Ich höre gerne zu, was jemand mir sagen will über das ausbleibende Gewitter, über die Kränklichkeit des Hundes. Seit er vergiftetes Gras gefressen hat, fallen ihm an einem Unterschenkel die Haare aus, jetzt liegt der Knochen blank, und die Höhe der Tierarztrechnungen steigt wie das Fieber. Der Hund, der das vergiftete Gras gefressen hat, setzt sich jetzt mitten auf die Fahrbahn, klagend streckt er sein haarloses Bein von sich. Ein Auto bremst vor ihm, nur widerwillig lässt sich der Hund von der Fahrbahn vertreiben. Ich bin nicht die Person, die einen Hund von der Mitte der Straße jagt. Es muss sich um eine lange Strecke der Wahrnehmung handeln, die mir fehlt, ein gutes Stück Zeit, das vergangen ist hinter meinem Rücken. Ich weiß nicht genau, was da geschieht. Ich bemühe mich, wenn ich schon übermäßig schweigsam bin, wenigstens eine gute Beobachterin zu werden, aber zu viel geschieht hinter meinem Rücken. Ich drehe mich dann um, bin verlegen, mich so plötzlich umschauen zu müssen, vielleicht verstehe ich die Tonlosigkeit, die Geräuschlosigkeit des Bremsvorgangs nicht. Mir ist der Ton abgestellt bis auf einen einzigen. Dem bin ich ausgeliefert.

Immer, wenn ich den Mund aufmache, erhebt sich neben mir eine Stimme. Halt's Maul. Ich halte mich an der Reling fest. Das Achterdeck ist leergefegt, in meinen Ohren ist ein Scheppern und Rauschen, ein heulender Wind. Der Erste Offizier geht über das Deck und grüßt übertrieben höflich, als wäre ich nicht eine alte Bekannte (Kundin?), dann verschwindet er wieder im Bauch des Schiffes. Ich bin schon lange auf diesem Schiff gereist bei blauem Wetter und im stürmischsten Unwetter. Ich bin eine erfahrene Schiffsreisende, man muss schon ziemlich lange Schiffsreisen unternommen haben, um sich vollmundig mit diesem Titel zu schmücken, der dann, wenn man ihn gebraucht, so schlaff wie ein Segel bei Windstille an der Person herunterhängt. (Und warum reist man so lange auf Schiffen herum? Vermutlich doch, um eine schnelle Ankunft grundsätzlich zu vermeiden.) Auf Deck verbinden den Mund mit der Luft rundherum unzählige Luftfäden, schnüren ihn zu, schneiden in die

Lippenhaut, dass sie rau wird, doch dies alles hat nur die Bedeutung, den Mund vor dem endgültig sturen Geöffnetsein in Schutz zu nehmen, ein Mund, der sich bedenkenlos bis in den Rachenraum bei der kleinsten Neigung auf einer Schiffsreise öffnet, könnte einem Magenunwohlsein, einer konvulsivischen Zuckung, die den ganzen Verdauungstrakt durchrüttelt, Vorschub leisten. Die Speiseröhre brennt, es fühlt sich an, als hätte die Magensäure sie ganz verätzt. Ein beschämender, säuerlicher Geschmack auf den Lippen. Der Mund, der sich nicht über der Reling öffnet, sondern irgendwo, wo sich ihm eine leere Stelle in der Luft bietet, der Mund muss zur Ordnung gerufen werden.

So liegen die Passagiere bäuchlings in ihren Kabinen, von den Wellen gewiegt, von starken Schlafmitteln betäubt, die Hüftknochen und die Ellenbogen bohren in die Matratze und hinterlassen kleine Täler auf der Liegefläche, die Bettlaken filtern die Hitze nicht, und oben sind die Münder, die sich willentlich nicht öffnen. Die Reling ist weit weg, der Schiffsrachen verbarrikadiert. Ein Mund, der strikt verschlossen gehalten werden soll, öffnet sich in peinvoller Not. Eine Hand zerrt an der Kabinentür, Füße stolpern hinaus. Der ganze Mensch dazwischen ist eine gekrümmte Peinlichkeit. Milchige Brühe bildet auf den Wellen fremde Schaumkronen, an denen die Möwen nippen. Alles muss am frühesten Morgen geschehen, bevor das Deck gewaschen wird, sofort muss es wieder benutzbar sein. Eine Stimme ist nicht zu hören, kein einziger Möwenschrei, nur das gleichmäßige

Brummen der Maschinen, keine einzige Stimme, nur die Wellen, die an die Bugwand klatschen, das feine Aufperlen von Tropfen, das Schwappen einer Pfütze auf dem Deck. Also allerhand, was sich Gehör verschafft zwischen Nacht und Morgen.

Das Meer ist eine unerwartete Ohrfeige, aber sie verrutscht ins Haar, aufs Glücklichste gepolstert. Während ich diesen Satz schreibe, ein wenig unsicher, ob er nicht zu aufwendig ist an dieser Stelle, während ich also diesen unschuldigen Satz schreibe, der, mit so vielen Überlegungen behangen, schon seine Unschuld eingebüßt hat, beginne ich, den Satz vor mich hinzusprechen. Ich mache den Mund auf: Das Meer. Da ist sie wieder, die kräftig akzentuierte Stimme, die mir befiehlt: Halt's Maul. Ich lasse mir nicht den Mund verbieten, jedenfalls jetzt nicht, da ich nur lese und nichts sage, was sich anhören könnte, als wäre es mir gerade in den Sinn gekommen. Ich sage noch einmal vor mich hin, was ich gerade geschrieben habe: Das Meer ist eine unerwartete Ohrfeige, aber sie verrutscht ins Haar, aufs Glücklichste gepolstert. Der Satz hört sich nun an, als hätte ein anderer ihn geschrieben, wie so viele Sätze, die einfach in Zeilen stehen, als wären sie nie gesprochen worden, aus keinem einzigen Mund. Und sie müssen auch nicht gesprochen werden. Man kann sie erfinden. Es könnte sein, dass so viele Sätze geschrieben worden sind, in Zeilen und zwischen Zeilen oder mit abrupt abstürzenden Zeilen, weil sie ohne Unterbrechung nicht gesprochen werden konnten, jedenfalls nicht aus diesem oder jenem Mund. Während ich meinen Mund geschlossen halte, ist es still um mich, die Stockrosen in der Vase sind stumm. Als ich im Laden war, begrüßte die Blumenbinderin eine andere Kundin, die einen sehr kleinen Hund an der Leine führte, mit überschwänglicher Herzlichkeit. Ich vermisste keinen Hund an meiner Seite, ich war auch freundlich begrüßt worden, doch nicht so ausufernd wie die Frau mit dem Hund. Eine solche Begrüßung hätte mich misstrauisch gemacht, für so viel überschüssige Freundlichkeit habe ich keinen Bedarf und keinen Etat. Vermutlich erwartet die Händlerin dann, dass ich ein Riesenbukett bestelle. Ich hatte auf den Gruß hin genickt, freundlich genickt, das glaube ich sagen zu können, das glaube ich schreiben zu müssen, ich wollte den Mund nicht aufmachen, noch nicht, um die erwartete Stimme in meinem Ohr zu täuschen. So wortkarg wie möglich zeigte ich auf die Blumen, die ich kaufen wollte. Die Blumenbinderin störte das nicht, sie war in ihren Gedanken und Neigungen schon bei der anderen Kundin mit dem Hund. Zu dem Zwergdackel sagte sie: Mäuschen. Und die Kundin nahm dieses Kosewort für ihr Tier freudig an, schnappte förmlich danach. Aus dem hinteren Raum des Blumenladens stürzte jetzt ein gefleckter Jagdhund auf den winzigen Hund zu, er schnupperte am Geschlecht, sein Glied schon halb herausgestülpt. Sofort wurde er zurückgepfiffen von der Blumenbinderin: Lass das, das Mäuschen ist gerade Mutter geworden, es kann dich jetzt nicht brauchen. Wir drei Frauen, die Blumenbinderin, die Kundin und ich, lachten, das Dackelchen stand da, etwas kläglich in seiner Kurzbeinigkeit und mit seinen geröteten Zitzen, es konnte wirklich keinen erregten Rüden brauchen. Zu gerne würde die Blumenbinderin die Welpen sehen. Ich würde die Viecherln wahnsinnig gerne mal sehen, sagte sie. Zu gerne würde die Kundin sie ihr zeigen. Kommen Sie doch vorbei, sagte die Kundin. Doch die Blumenhändlerin hat leider im Augenblick viel zu tun. Die Kundin zeigte eine Spanne zwischen Daumen und Zeigefinger: So groß sind die Welpen schon, und jeden Tag wachsen sie ein bisschen.

Jetzt hat die Blumenbinderin die blassen Stockrosen in der Farbe eines alten Charmeuse-Unterrocks für mich zusammengesteckt. Ist es recht so? Ich zahle stumm und habe viel erlebt. Die Gräser, die die Blumenbinderin um die Stängel herum drapiert hat, sind stumm, das Teelicht auf dem Tisch ist stumm, und auf dem braunen Spiegel, den der Tee in der Tasse bildet, keine einzige Welle, die an den Rand schwappt. Ich habe keine Gelegenheit, Tee zu trinken, ich möchte den Mund geschlossen halten, ich muss, ohne meinen Mund zu öffnen, meine schreibende Hand bewegen, ich öffne meinen Mund nicht, um einen einzigen Satz zu sagen. Ich nutze die unerhörte Stille, um vor dem erneuten Lautwerden der Stimme ein wenig zu sprechen, aber nur in Gedanken, mein Mund ist verschlossen, mein Wesen ist verschlossen, wenn diese beiden Schließungen etwas miteinander gemein haben. Ich presse die Kiefer aufeinander, bis sie schmerzen, kein Wort, kein Laut kommt aus meinem Mund. Ich halte das

Maul. Und gebe keinen Anlass, dass die Stille vor meinen Ohren zerstört wird. Vor meinen Augen ein zur Hälfte beschriebenes Blatt. Ich bewege meine Hand auf dem Papier mit der größtmöglichen Geräuschvermeidung.

So ist es schön still. Ich schreibe diesen Satz, und während ich ihn schreibe, möchte ich ihn leise vor mich hin sagen. Ich erwarte die Stimme, die laut und vernehmlich zu mir spricht. Ja, jetzt, genau in die Lücke, die mein Atem läßt, springt sie und zerstört die Stille, die ich genossen habe, solange ich ein paar Zeilen schrieb. Ich bin gezwungen aufzustehen, umherzugehen auf dem knarrenden Fußboden, in meinen dünnen asiatischen Slippern leise aufzutreten, damit die Stimme dort an der Stelle bleibt, wo eben noch mein Ohr war. Ich ducke mich unter der Schallwelle, gebückt gehe ich ins andere Zimmer, beiläufig nehme ich eine Schere in die Hand, doch fällt mir nicht ein, was ich damit schneiden könnte.

Eine Pause ist entstanden, eine Horchpause, in der die Stimme noch aus dem einen Raum nachhallt und den anderen Raum füllt. Ein Nagelhäutchen, ein müdes Blatt der Stockrose, etwas müsste doch zu schneiden sein, nur eine winzige Geste, die Anspielung auf eine Tätigkeit, die Vortäuschung einer vernünftig begründeten Tätigkeit, die einen Ortswechsel erfordert. Ich bin nur so lange im anderen Zimmer, bis die Stimme nicht mehr zu hören ist. Ich komme als ein Flüchtling ins erste Zimmer zurück. Ich habe die Erinnerung an die Stimme mitgebracht. Meine Erinnerung füllt nun auch dieses Zimmer, das eben noch frei von der Stimme war. Ich habe die Stimme wie eine Schmutzspur mitgebracht, jetzt fühle ich mich weder in dem einen noch in dem anderen Zimmer wohl. Ich hätte das erste Zimmer nicht so kopflos verlassen dürfen, so wäre wenigstens dieser Raum nicht von der Stimme eingenommen. Ich gehe zurück mit der Erinnerung an die Stimme, die mich eingeschüchtert hat, zupfe an den Blumen in der Vase. Hat die Blumenbinderin mir eine nicht mehr frische Stockrose in den Strauß geschummelt? Ich könnte mich beklagen, nach der wieder gewohnheitsmäßig herzlichen Begrüßung – die nicht von der Rücksicht auf den einen Hund und der Strenge dem anderen Hund gegenüber gestört, nein, nur getrübt wäre –, könnte, während mein Blick über die neue, frisch eingekaufte Blumenfülle schweifte, sagen: Hören Sie, da haben Sie mir aber beim letzten Mal ein Mickerchen von einer Stockrose in meinen Strauß gesteckt, das am nächsten Tag gleich schlapp gemacht hat. Die Blumenbinderin sähe mich erstaunt an, vielleicht hätte ich mich schon im Ton vergriffen, denn meine kleine Beschwerde passte nicht zu der betonten Herzlichkeit. Ich wäre ein bisschen verlegen, denn sich zu beklagen muss man lernen, und vor allen Dingen ist zu lernen, wie man, nachdem man sich beklagt hat, einen ordentlichen Abgang macht, einen Abgang, der den Ausnahmezustand des Beklagens in den künftigen und früheren Allgemeinzustand des Hinnehmens von Misslichkeiten überführt. Man muss eine Menge kleiner, harmloser Floskeln parat haben, die in einem solchen Fall den Ausnahmezustand mit dem Normalfall des alltäglichen Umgangs puffern. Diese Floskeln sind allgemein bekannt. Über Hunde zu sprechen ist besser als über Bäume, der Blick senkt sich automatisch dabei, während er beim Gespräch über Bäume leicht in ein elegisches, zielloses Schweifen gerät, das dümmlich wirkt. Gelänge es mir nicht, an dieser Stelle die passenden Floskeln einzufügen (ich meine nicht, an dieser Stelle, an der ich jetzt schreibe, sondern an der Stelle, an der ich stände, vor der immer mit Wassertropfen benetzten, von Absplitterungen der Blumenstängel übersäten Theke), ich müsste mir vornehmen, das Blumengeschäft zu wechseln. Oder es bliebe mir gar nichts übrig, als mir eine andere Blumenbinderin zu suchen. Ich habe dies so breitwandig aufgeblättert als eine Vorstellung von einer ungestörten Beschwerde, weil ich weiß oder besser gesagt: nach allem Vorangegangenen annehmen muss, dass kaum, nachdem ich den Laden betreten habe und zu sprechen beginne, sich neben mir eine Stimme erhebt, die mir das weitere Sprechen abnimmt, den ganzen schönen, ausgearbeiteten Plan zunichtemacht. Aber die Blumenbinderin hat vermutlich mein Stockrosenkaufgesicht ohnehin schon wieder vergessen. Und während ich schreibe, ist der Ton sowohl in dem einen Zimmer als auch in dem anderen Zimmer verklungen. Mein Abwarten und Räsonieren, mein Beharren auf einer sinnlosen kleinen Tätigkeit hat ihn fast vergessen lassen, also kein Wort mehr über die Stimme, die in mein Ohr hinein schmettert.

Das Meer ist jetzt glatt und seidig, eine schmiegsame Oberfläche, die nicht wie Wasser aussieht, eher wie ein ausgebreitetes Tuch, das sich nur an der Schiffswand kräuselt. Ich ruhe mit dem kleinen Mutterhund und den winzigen Welpen in einer Kabine des Schiffs. Das Licht, das durch die geschlossenen Jalousien fällt, malt schmale Streifen auf die bebenden Leiber. Zwei der Welpen saugen an den Zitzen. Die Hündin hat eine Vorderpfote über sie gelegt und döst, während die beiden anderen Welpen ineinander gekugelt schlafen. Ich habe mich nie nach dem Besitz eines Hundes gedrängt, nicht einmal als Aufpasserin fühlte ich mich geeignet, doch jetzt in der Hitze des Mittags bin ich zufrieden mit diesen Hunden, über deren Schlaf ich wache. Ich sage kein Wort in das Saugen und Schnaufen hinein. Wenn ich mir vorstelle, die Stimme herrschte jetzt in mein Ohr – sie weckte die schlafenden Hunde auf, die ichweißnichtwie in meine Obhut gekommen sind, ich wäre empört. Halt's Maul. Halt's Maul. Ich wollte losschreien, doch mich im selben Augenblick kontrollieren. Pst, pst, nehmen Sie doch Rücksicht auf die Tiere. Es fällt mir gleich auf, dass ich die Stimme sieze, während sie mich einfach geduzt hat. Ich habe keinen Grund, die Stimme zu duzen, die den Luftraum zwischen Mund und Ohr so häufig in Beschlag nimmt, dass kein Platz bleibt für Ungehörtes. Ich hätte beim ersten Ton in meinen Ohren, früher, als ich zum ersten Mal ihr harsches Halt's Maul hörte, antworten sollen: Ich möchte nicht geduzt werden. Doch ich war so verdutzt in meiner geläufigen Stille, die zerbrochen war, dass ich nicht auf den Gedanken kam, gleich energisch zu antworten. Vielleicht war das ein Fehler. Vielleicht wäre sie verstummt, vielleicht hätte sie sich zu größeren, weitreichenderen Beleidigungen verstiegen, Drohungen, die mir Schrecken einjagen. Jetzt ist es zu spät. Ich habe mir angewöhnt, den Mund nicht mehr so häufig wie früher und nicht mehr so unüberlegt zu öffnen. In Gesprächen, die andere mit mir führen wollen, wirkt dies ein wenig sonderbar, doch ich muss mich nicht erklären. Pst, pst, nehmen Sie doch Rücksicht auf die Tiere. Die Stimme zöge sich zurück in einen inneren Raum des Schiffes, der mir nicht zugänglich ist, nur der leis funktionierenden Mannschaft. Kein Eintritt für Unbefugte, die Stimme dränge durch, träte selbstverständlich ein. Dort in der Offiziersmesse soll sie sich das Maul stopfen lassen mit Bröseln und Bissen, bis sie den Rachen voll hat. Und die Mannschaft, breitbeinig und gebräunt in ihren makellosen Spenzern und weißen Hosen, nähme gönnerhaft Notiz von dem fremden Gast. Und ich bin hier in meiner verschlossenen Kabine, die erfüllt ist vom rekelnden Wohlbefinden. Es ist mir recht, auf die Tiere aufzupassen, es wäre mir auch recht, ein anderer hätte diese Aufgabe übernommen. Ich wäre zufrieden, ohne die Tiere zu sein. Alles in allem bin ich gleichmütig geworden in der Hitze, vielleicht auch nur maulfaul. Das kindlich eifrige Schmatzen und Saugen der Welpen am Fußende des Bettes hört sich angenehmer an als viele andere Geräusche, die ich gehört habe. Die Hündin hebt ihren dunklen Blick, als hätte ich etwas zu ihr gesagt, aber ich döse auch.

Hat es jemals die Möglichkeit gegeben, der Belästigung Herr zu werden? Ich habe diese Möglichkeit offenkundig verpasst. Und was hätte die Möglichkeit sein können? Der Stimme, die Halt's Maul sagt, wie einem hergelaufenen Hund Kusch! Kusch! entgegenzuschleudern und sie zu vertreiben? Diese Möglichkeit schien mir tollkühn, aber auch wie viele tollkühne Abenteuer kindisch, ja närrisch. Also versuchte ich, indem ich die Gelegenheit vorüberstreichen ließ, eine Torheit zu vermeiden. Wenn es einen solchen Zeitpunkt für eine energische Geste gab – ich kann ihn in meiner Erinnerung weder zurückverfolgen noch finden. Mein Widerstand, der nach allen Voraussetzungen kaum leicht entflammbar war, ist in ein Taktieren, einen gnädig diplomatischen Umgang mit der Stimme übergegangen, ehe er noch begonnen hat. Ich stelle mir jetzt, während ich in der Hitze döse, diesen Zeitpunkt genau vor dem Verpassen der Gelegenheit als einen triumphalen Augenblick vor. Keine Macht der Stimme. Der aufflammende Widerstand gegen das widerwärtige Geräusch, der energische Wille zum Nicht-regiert-Werden. Der entschlossene Protest. Ja, ich habe ihn nicht aufgebracht, habe den Mund zum Essen, Küssen aufgemacht, doch nie zu einer Widerrede, das werfe ich mir vor. Den Mund zum Küssen, zum Essen zu öffnen, schien mir angenehmer, als ihn für eine präparierte Widerrede aufzureißen. Hätte die Stimme ein Gedächtnis, was ich annehme – denn jeder Gegner hat ein Gedächtnis für die Schwächen, die ihm seine Überlegenheit ermöglicht haben –, meine

Feigheit (Ohrfeige, Mundfeige sind vage Hinweise auf den Wortgebrauch) meine Feigheit wäre also sicher in dieses Gedächtnis eingegraben. Meine Feigheit, die ich auch beschönigend *Ohnmacht* nennen könnte.

Jemand hat mir seine Visitenkarte unter die Tür geschoben und mit einer großzügig gerundeten Handschrift seine Kabinennummer darauf geschrieben. Auf der Rückseite der Karte schlägt er mir ein Treffen vor. Ja, er möchte mich unbedingt treffen, die Handschrift erbebt bei der Bitte um ein Treffen. Es ist schon eher ein Verlangen als eine Bitte. Ob das von dem Visitenkartenbesitzer erwünschte Treffen hier auf dem Schiff oder anderswo stattfindet, läßt er offen, das überlässt er mir, meinen Wünschen, Fantasien, wobei er voraussetzt, dass meine Wünsche und Fantasien den seinen weit entgegenkommen. Der Visitenkartenbesitzer hat mich an Deck beobachtet, und ich habe nicht achtgegeben, wer mich beobachtet hat. Es macht mir nichts aus, beobachtet zu werden, ich studiere gerne Visitenkarten und stelle mir die Wünsche und Fantasien fremder Personen vor. Meistens sind sie nicht so fremd, wie die Verfechter dieser Wünsche und Fantasien heimlich denken, sondern allgemein verbreitet. Es wird mir schnell langweilig, wenn ich mir die allgemein verbreiteten Wünsche und Fantasien vorgestellt habe. Heuchlerisch behaupte ich, sie zu teilen, während ich mein Lager noch immer mit der Dackelhündin und ihren Welpen teile. Den Körper des Visitenkartenbesitzers stelle ich mir so papieren, so viereckig wie seine Karte vor, einen solchen Mann habe ich nicht an

Deck gesehen, vielleicht habe ich ihn auf eine Weise übersehen, die ihn aufgereizt hat. Am Abend klopft es an meine Kabinentür, die Hündin beginnt zu bellen, die Welpen fiepen. Sie versuchen, es ihrer Mutter gleichzutun. Die nur mit einem Haarflaum bedeckten Schwänze sind steil aufgerichtet, die Ohren noch schlapp, lappenartig wie bei Schafen, ihre wachsame Energie sitzt in der Kehle. Ich muss lachen über die Aufregung der Tiere, über die Verteidigung eines Reviers, das nicht ihres ist und nicht meines, wie es nicht meine Hunde sind, wie es nie meine Hunde sein werden. Ich lache sehr leise, damit die Stimme nicht einsetzt. Das Klopfen verstummt.

Als das Schiff im Hafen anlegt, ist an der Uferpromenade ein Jahrmarkt aufgebaut, Bärenführer und Kettenkarussells wetteifern um die Aufmerksamkeit, Reisfladenbäcker, Eisverkäufer und Bratereien von Hackfleischbällchen drängen sich auf. Mit blitzenden Zangen werden die Fleischbällchen gewendet. Ich bleibe dort stehen, wo es nach frischer Pfefferminze riecht. Ein paar Schritte weiter der beißende Geruch von verbranntem Bratfett. Ein würdiger Greis hat einen Zollstock geschultert, an der einen oder anderen Bude bleibt er stehen, er senkt den Zollstock auf die Höhe des Bratrostes. Er misst den Durchmesser der Fleischbällchen, hier sind sie zu klein, dort auch, dann gerade richtig. Nach jedem Messvorgang wischt er den Zollstock mit einem großen Sacktuch ab. Bedächtig geht er weiter. Zwischen den sich vorwärtsschiebenden Besuchern des Jahrmarkts schafft er sich eine respektvolle Distanz.

Ich hörte hinter mir eine jammernde Stimme. Ein Mann, dem die rechte Hand fehlte, hielt in der linken einen kleinen Karton, in dem einzelne Münzen rappelten. Er stieß die Schaulustigen an, hielt ihnen den Armstumpf entgegen. Mir tat er leid mit seinem traurigen Gefuchtel, ich kramte nach einer Münze. Eine alte Frau blickte mich streng an und macht eine abwehrende Geste wie: Geben Sie ihm bloß nichts. Sie schubste den Bettler, zischte ihm etwas zu, das nach äußerster Verachtung klang. Dann schrie ein ihm gleichaltriger Mann auf ihn ein, der Mann duckte sich, kläglich hielt er die linke Hand über den Kopf, umso mehr fehlte die rechte bei dieser Bewegung des Schützens. Es sah aus, als sei er es gewohnt, geschlagen zu werden. Der würdige Greis kam auf den Mann zu, tippte mit dem Zollstock an den Armstumpf, jetzt wimmerte der Mann hell auf wie ein Kleinkind. Der Greis scheuchte ihn weg, die Zuschauer machten finstere Mienen.

Lautsprecher sind über den Köpfen an den schütteren Bäumen montiert. Die Singstimme einer Frau hüllt den Raum zwischen den Buden ein, sie singt langgezogene Vokale, die nicht aufhören wollen und bis in die nächste Gasse reichen, in die übernächste Gasse. Dort steht ein Händler mit Zuckerwatte; ich kaufe eine Portion, ich könnte auch ein Joghurtgetränk, ein Glas Pfefferminztee oder etwas anderes kaufen. Ich wünsche mir die Luft zurück, die ich mitgebracht habe vom Schiff, die Luft, die nachts durch die Spalten der Jalousien in die Kabine strich. Ich stelle mir vor, anstatt der Stimme, die sich in meinem Ohr festgesetzt hat, dröhnte diese Singstimme, drückte ihre verschwommenen, leiernden Tonschritte, die im Ungefähren landen, in meinen Kopf. Meine Zuckerwatte gebe ich einem etwa fünfjährigen indischen Mädchen, das eine übergroße Sonnenbrille trägt und von der Hand seines Vaters, die schwer auf seiner Schulter liegt, regiert wird. Das kleine Mädchen nimmt die Sonnenbrille ab, dahinter samtschwarze Augen, es bedankt sich überschwänglich in einer Sprache, in der ich nicht antworten kann. Mit sehr weißen Zähnen beißt es vorsichtig ein Stück Zuckerwatte ab, dann erst fährt die Zungenspitze, gelenkt von einer vagen, aber zielgerichteten Sehnsuchtsmotorik, nach der Watte aus, die Masse klebt an der Zungenspitze, das kleine Mädchen schließt genießerisch den Mund. Ein Programm, abgespult vor den Augen des Vaters, vor meinem starrenden Blick. Natürlich schaue ich desinteressiert in die nächste Bude, in der sich Feuersalamander auf feuchten Holzspänen schlängeln. Ich bemühe mich, nicht erstaunt zu wirken, als mir die Blumenbinderin am Arm eines Matrosen begegnet. Doch warum auch nicht, sage ich mir, es ist schließlich Reisezeit. Auch ich bin verreist, auf ungewisse Zeit verreist, und habe kein Bedürfnis nach einem gleichbleibenden Zuhaus. Als hätte sie, weil sie unterwegs ist oder aus Verliebtheit, ihren Beruf vergessen, trägt die Blumenbinderin einen aufrührerisch großen Rosenstrauß im Arm. Er ist ungestaltet, also stachlig, eher ein Packen Rosen, ein Rosengestrüpp, wie er angeliefert wird auf den Blumenmärkten, um die Fantasien der Blumenbinderinnen zu beflügeln. Sie sieht mich nicht hinter ihrem Busch, ihre Augen sind nach innen gekehrt, wo sie vermutlich etwas Uraltes sieht, düster und tragisch und von einem stürmischen Wind gepeitscht, etwas aus schmelzenden Liedern: die Liebe zu einem Matrosen. Dies ist nur ein endlicher Freigang, die Abfahrtszeit des Schiffes ist mir mitgeteilt worden, damit ich sie einhalte. Das Schiff zu erreichen ist mein Wunsch. Und doch hätte ich das Schiff gerne verpasst. Einfach so, um zu erleben, was passiert. Das kleine Unglück, das klug macht. Das große Unglück, das. Das Verpassen des Schiffs würde Bärenkräfte wecken. Grundsätzlich tauchen beim Verpassen von Schiffen, Zügen, Flugzeugen harsche Selbstbefragungen auf über den Sinn der nun einmal begonnenen Bewegung, über das Verbleiben an diesem Ort oder jenem oder keinem, Befragungen, die alle in den Wind geschrieben sind, wenn das Verkehrsmittel entgegen aller ängstlichen Voraussicht doch noch erreicht wird. Meine Füße in den schwarzen asiatischen Slippern sind nun grau bestäubt, die Knöchel geschwollen, auf der Schattenseite schleiche ich die Straßen zum Hafen zurück. Gebuckelte Frauen schlurfen vorbei, sie sehen nicht wie Besucherinnen eines Jahrmarktes aus, es müssen ausgemusterte Hausfrauen sein, die ihren Familien nicht mehr nützlich sind und plötzlich Zeit haben. Ich gehe ihnen nach, sie schlüpfen durch ein Tor in einen vom Kerzenruß verdunkelten Tempel. Im Halbdunkel verbeugen sie sich wieder und wieder, perpendikelhaft, und küssen den blanken Fuß einer Statue. Die

Frauen sind so krumm geworden vom vielen Verbeugen und Niederknien. Über ledrige alte Häute rollen salzige Tropfen. Da betritt auch die Blumenbinderin den düsteren Raum, ohne die Rosen, ohne den Matrosen – ist er denn schon ertrunken? Sie muss ihn von einer Kaimauer geschubst haben, als ihr hinter dem Rosenbusch die Augen aufgingen. Ich gehe zur Uferpromenade zurück, auf der junge Männer mit Batterien und Kassetten handeln. Es gibt keine Sprache, in der ich mit ihnen sprechen möchte. Wenn ich den Mund aufmache, besteht keine Gefahr, unterbrochen zu werden. Keine Sprache spricht zu mir. Auf dem Schiff ist die Sonne gestorben, das Meer grau verschleiert.

2
DIE ÜBERTRETUNG

Dies war es, was meine Schuld ausmachte: meine Willigkeit, mein Einverständnis mit allem und nichts. Meine Willigkeit, mein Mangel an Willenskraft, der bestürzende Mangel, dem kein Gewinn in einer anderen Spalte gegenüberstand. (Meine Reiselust zählte nicht mehr.) Das Einverständnis war eine große Verbeugung gewesen, es hatte den Koffer vom Band genommen, es hatte einen Gepäckträger gefunden, letztendlich doch, es hatte ein Wägelchen ergattert, das knirschende, ratternde Wägelchen war an einen Taxistand gekarrt worden, ein Taxifahrer hatte den Koffer in den Kofferraum gehievt. Einen Augenblick bitte, einen Augenblick, das kannte der Fahrer, das Wägelchen wurde rasch zurückgeschoben, angekettet an andere Gepäckwagen, eine endliche Kette der Beteuerungen, hier herrscht Ordnung, werfen Sie Geld ein, und ein Markstück ist Ihnen gewiss, ja, so war es, ein Einverständnis mit allem und nichts, mit der bestehenden Flughafenordnung, Sie verlassen den Sektor der Gültigkeit Ihres Tickets, ohnehin eine papierene Angelegenheit, Sie verlassen den Sektor des Einverständnisses mit dem schon Bestehenden. Vor allem mit dem Schmerz, dem zugefügten und dem zuzufügenden. Dem Schmerz würde ein Schmerz folgen, dem Schmerz fehlte die Scherzhaftigkeit, die jetzt überall verlangt wurde. Jemand hatte einen kleinen Kassettenrecorder auf den Vorplatz gestellt, in die Nähe des Taxistandes gestellt, aus dem bellte eine Lachsalve, eine zweite wurde darüber geschüttet, dann polterte eine dritte. Ein junger, dürrer Mann mit schütterem Haarflaum stand neben dem Kassettenrecorder und hielt eine Mütze in der Hand, in der ein paar Münzen lagerten. Jetzt wird dem fremden Lachen Tribut gezollt, und wer nicht selbst lacht, zahlt. Ich war nach Hause gefahren, hatte die Tür aufgeschlossen, ich hatte keinen Raum, in dem der Schmerz getrennt von mir aufbewahrt werden konnte. Ich dachte über den Schmerz nach, den ich augenblicklich nicht fühlte, also war das Nachdenken müßig, alles hatte seine Ordnung, das Ankommen war ein Öffnen und Schließen, das Ankommen war ein Einverständnis, dem ich vollkommen, ja bestürzend vollkommen gewachsen war. Das Ankommen brauchte mich nicht, es war da, ohne dass ich es beaufsichtigen musste, ich konnte mich wieder entfernen, ich wollte mich wieder entfernen, ohne angekommen zu sein.

Es ist die Zeit, in der draußen plötzlich ein Knirschen und Reißen zu hören ist. Eine trockene Ernüchterung, die ich am Anfang dieser Zeit nicht verstand. Ganz anders als das Ohrfeigengeräusch, das ich noch manchmal hörte. Doch das trockene Knirschen und Reißen hatte es überlagert. Ich sah dann halbstundenlang aus dem Fenster, an Zeit mangelte es nicht, ich sah auf die handgroßen Blätter des Baumes mit ihren kräftigen Rippen, die Blätter bewegten sich gegeneinander, zitternd schoben sie sich übereinander. Flecken von Licht zwischen den Schichtungen des Grüns. Ich hatte viel Zeit, dieses viele Grün vor dem Fenster zu betrachten. Oder besser: ich nahm mir aus einer unbegrenzten Menge Zeit, dem leisen Rauschen der Blätter zuzuhören, bis ich glaubte, auch das Knirschen und Reißen zu verstehen. Ich sah hinaus und sehe immer noch, wie die dünne, trockene Rinde am Stamm einer Platane in armlangen, gebogenen Streifen abspringt, darunter eine hellgrüne, frische Baumhaut, ein frühes Grün im späten Sommer. Wenn der Wind gleichzeitig die Blätter rauschen läßt, klingt das Abspringen der Rinde wie ein mürbes Gelächter, wie eine unstatthafte Anwesenheit, jemand macht ein Geräusch, ein knirschendes Naturgeräusch, und entzieht sich allen Weiterungen. Der Hof ist schon übersät mit den Abschilferungen der Platane. Es ist doch erst Ende August, und nur die Sommertrockenheit hat die Rinde zum Platzen gebracht. Ich gehe dann hinter das Haus und wate in dünnen, trockenen Platanenrinden wie im Herbstlaub, tatsächlich, ich wate, es ist alles wahr, was ich schreibe, es wird alles wahr, nur die Zeit verschiebt sich. In keinem anderen Sommer habe ich dieses Geräusch gehört, vielleicht habe ich auch in keinem anderen Sommer in so großer innerer und äußerer Nähe zu einer Platane gewohnt. Vielleicht habe ich überhaupt nicht gewohnt, sondern nur gelebt. Ich schreibe dies auf einem lodengrünen Diwan in einem kleinen, ruhigen Zimmer, ich blicke einerseits auf meinen nicht übermäßig großen Notizblock, den ich mit meiner auch für mich schwer leserlichen Schrift fülle. Wenn ich aufblicke, sehe ich links im Fensterausschnitt die große Platane, rechts vom Fenster einen blau gestrichenen Schrank, in den ich ein paar Gegenstände aus meinem Koffer geräumt habe. Ich bin im Haus des Visitenkartenbesitzers, ich habe mich mit ihm getroffen, und ich bin zu ihm gekommen, als er mich darum bat. (Am Ende einer kleinen Schamfrist natürlich. Nicht dass die Schamfrist aus Scham bestand, eher aus Konvention.)

Nach Liederbach also! Wie kommt man nach Liederbach? Man muss einen krähenden Sopran haben, einen Sopran, der die Dunstglocke nicht scheut, immer höher hinauf, immer luftiger, immer luftschnappender. Am besten entfaltet sich die schöne Stimme im Verein mit anderen Stimmen. Man nimmt die Vorortbahn, begibt sich auf den letzten, der Flussseite abgewandten Bahnsteig. Schüler, Rentnerinnen und zwei alte Leute mit Koffern und Taschen und verschnürten Plastikbündeln, die Frau mit einem Kopftuch, der Mann mit einem winzigen, speckigen Hut, der nur einen Bruchteil seiner Kahlheit bedeckt, warten auf dem Bahnsteig. Dass das Wort *Mütterchen* jeder Zärtlichkeit entkleidet ist. Nicht einmal ein alter speckiger Männerhut wärmte es. Der Mann, an dem das Wort *Väterchen* abprallt wie an einer Holzschindelwand, hat einen Zettel mit dem fettgedruckten Wort *Caritas* in der Hand, es ist die rettende Adresse in der Fremdheit. Er hält den Zettel so, dass er ihn sogleich dem Schaffner oder einem routinierten Fahrgast zeigen kann. Ja, das ist die richtige Richtung. Nur drei Stationen. Genau betrachtet, denn die wenigen Fahrgäste hätten genügend Zeit, einander zu betrachten, die anderen genau in Augenschein zu nehmen. Aber lieber starren sie Luftlöcher ins Abteil. Genau betrachtet ist die Hand mit dem Zettel eher eine abgearbeitete Faust. Die alten Leute sprechen untereinander ein rollendes, krächzendes Deutsch, holzgeschnitzte Raben aus einer aussiedelnden Welt, die Türen hinter sich verrammelt, nach ihnen wird nichts kommen. Nichts, aber nicht niemand. Und hier sollen sie sich ansiedeln zu einem frühen Winterquartier.

Da kommt eine rotsilbern gestreifte Bahn, sie ist einem alten Triebwagen nachgebildet, Türen gleiten silbervogelhaft beiseite, das Türengleiten ist ein Werbefilm, ungeschnitten, ein wenig zu lang, die Sitze sind unbenutzt, unzerschlitzt, unbeschmiert, aus lilafarbenem Plüsch. Es dauert seine Zeit, bis die beiden alten Leute ihre Koffer und Taschen und Plastikbündel in das Abteil gehievt haben. Das Bähnchen ist alphabetisiert, es trägt im Gegensatz zu den S-Bahnen, die alle eine Nummer haben, den Buchstaben K auf seiner glatten Stirnfront. Die schmalen Flanken sind gewölbt, geriffelt wie Wellblech, stromlinienförmig schmiegt es sich an den Fuß des Gebirges, steigt den Hügel hinauf, steigert und steigert sich, aber es ist nicht weit nach Liederbach. Das Lied will nicht auf die Lippen, bleibt im Kopf eingesperrt. Das Bähnchen ruckelt zuerst ein paar Villenstraßen hinauf, in denen höchste Direktoren wohnen, leckt an den Gartenzäunen. Laub fällt, Damen, die beiläufig eine Schürze umgebunden haben, zeigen, dass sie wegen ihrer angestammten Feinheit das Schürzentragen nicht eigentlich beherrschen, eine Flüchtigkeit ist ihnen anzumerken, nur nachlässig ist der Knoten im Rücken geknüpft, wo schlichtere Frauen eine adrette Schleife binden. Sie tüpfeln mit einem Reisigbesen über Treppenstufen. Die Lindenblüten aufkehren – so kann man diese Tätigkeit nicht nennen. Eher: ihren Besitz zeigen, zu dem auch ein paar Bäume gehören, Laubbäume, keine Nadelbäume. Die Nadel gehört ins Haus, weihnachtet oder längt sich an langen Abenden zur maschenhebenden Stricknadel. Hölzchen und abgefallene Blätter, die ein wenig zur Ordnung gerufen werden müssen, Blätterhäufchen, Kompostbeilagen, die in einer großen Kiste ihrer Verwandlung durch Modern entgegensehen, Kunstwerke der Maden.

Die alten Leute schauen ihre neue Heimat nicht an. (Ich schaue probehalber für sie.) Sie zählen die Gepäckstücke, alles ist noch beisammen. Sie müssen ihre Gedanken beisammenhalten. Hinter den Villenstraßen wird es öde. Bauerwartungswiesen, ein wenig Kleinindustrie. Alles sieht so aus, als wäre es erst in den letzten zehn Jahren gebaut worden. Alles sieht so aus, als könnte es in zehn Jahren wieder abgerissen werden für wieder schönere, zeitgemäßere, buntere Industriebauten. Wer links aus dem Fenster sieht, hat Liederbach schon verpasst. Liederbach befindet sich rechts von der Bahnstrecke, was links liegt, was bis jetzt links liegen gelassen worden ist, kann noch besiedelt werden. Der Gemeinderat wird es richten. Hinter dem normierten Ortsschild ragen die großen Verkaufsschilder auf. Frische Eigentumswohnungen suchen dringend Eigentümer. Manche sind verkauft, die Eigentümer haben ihr Eigentum mit vielen Blumenkästen geschmückt, die frischen Gardinen hinter den Blumenkästen sprechen die Sprache des Eigentums: dies können sich die Besitzer leisten, diese kräftigen Bottiche mit Pflanzen, diese üppigen Pflanzen, mit viel Dünger über den Sommer gebracht, diese auffälligen Fensterbegrenzungen aus Raffgardinen, Spitzengardinen, Stoffdraperien, die Lampen, die Kerzenständer, die Porzellanpferdchen auf den Fensterbänken, die Hinterglasmalereien, bleigefasst, vor den Wohnzimmerfenstern befestigt. Um all dies zu zeigen, sind sie nach Liederbach gezogen. Wo die Zäune höher sind, die Gärten eingewachsen, die Hecken schon ineinanderlappen, ist das Haus des Visitenkartenbesitzers.

Liebe Neubürger, schreibt der Gemeindebürgermeister, ich heiße Sie herzlich an Ihrem neuen Wohnort willkommen, alles Weitere entnehmen Sie dem Amtsblatt. Auf dem Foto sieht der Bürgermeister aus, als wäre er schon als Bürgermeister zur Welt gekommen, erstarrt in der Pose der Begrüßung. Alles Weitere ist ein Schnörkel. Ich denke an das alte Aussiedlerpaar, liebe Neubürger, und das war's. Die kompakte Masse der Neubauten muss bevölkert werden, insofern haben die Neubesitzer mit Kindern und Hunden die Pflicht, sich auf den

Schlängelwegen zu tummeln, Leben darzustellen, in dem zwar am Nachmittag Männer mittleren Alters fehlen, aber doch nicht wirklich vermisst werden. Unvollkommen auch der kleine, schattige Friedhof mit jüdischen Grabsteinen am Rande des alten Ortszentrums. Frisches Gras ist rundherum ausgesät worden, vollkommen ist die verspätete Gutwilligkeit, frisches Gras auch um die Eigenheimanlagen, ein wenig sehr frisch.

Der Visitenkartenbesitzer ist ein Körper geworden. Auch ich bin ein Körper. Eine Stimme dringt aus meinem Körper, es ist meine Stimme. Es ist vielleicht nicht sehr freundlich, immer noch *Visitenkartenbesitzer* zu sagen, ich kenne ja den Namen, habe ihn schon in der Schiffskabine auf der Visitenkarte gelesen, habe ihn mir ohne Schwierigkeiten eingeprägt. Der Name kann weitergereicht werden wie eine Karte. Der Name des Visitenkartenbesitzers ist auf der Karte ziemlich klein gedruckt, klein und breiträumig, mit einer gehörigen Portion Luft zwischen den Buchstaben. Darunter befindet sich ein Signet, das der Besitzer der Karte nicht erfunden hat. Ein Grafiker muss es ihm aufs Auge gedrückt haben, aufs Auge und auf die Karte. Wieder darunter steht der Name eines Flusses, der mir bekannt ist als ein schwarzer, düsterer Kohlenfluss, doch auf der Karte ist der Name des Flusses mit dem Wort *Gas* verbunden. Mag sein, dass das, was ich eben als Luft zwischen den Buchstaben bezeichnet habe, in Wirklichkeit ein Zwischenraum ist, der von einem marktgängigen, gasförmigen Stoff gefüllt werden kann. Zusammen bilden die beiden Begriffe den

Namen der Gesellschaft, für die der Visitenkartenbesitzer tätig ist. Ob er im Dienst seiner Gesellschaft auf dem Schiff fuhr, weiß ich nicht. Ich habe nicht gefragt; das schien mir zu privat. Ich möchte auch nicht nach allem Möglichen, Denkbaren und Undenkbaren ausgefragt werden. Der Name tut nichts zur Sache, wie mein Name auch nichts zur Sache tut. Die Visitenkarte habe ich an den Fensterrahmen gelehnt, wo sie aufrecht steht als Vordergrund zu dem grünen Hintergrund der Platane. Aufgehoben für den Fall, dass der Name doch einmal gebraucht werden könnte. Das Klingelschild hingegen verzeichnet nur die Initialen. Der Mann nennt mich nicht mit meinem Namen, sondern benutzt kleine Koseworte, deren Konsonanten wie Luftballons zerplatzen. Die Vokale bleiben im Raum stehen. Er hat viele Namen für die Dinge, die er meint, mit mir teilen zu wollen. Die Namen, die ich ihm vorschlage, möchte er nicht mit mir teilen. Konsonantenluftballons zerplatzen auf seinen Lippen, ich lasse es geschehen und stelle mir die Luftballons vor, wie sie zwischen den Ästen der Platane hängenbleiben, bis sie endlich grau und verstaubt erschlaffen.

Es fällt mir nicht schwer, mit einem fremden Menschen zu leben. Es ist viel leichter, als mit einem vertrauten Menschen zu leben. Ich wundere mich über nichts, es gibt keinen Grund zum Wundern, während ein vertrauter Mensch plötzlich mit der Aufgabe einer Gewohnheit, die man lange Zeit an ihm beobachtet hat, blankes Entsetzen hervorrufen kann. Warum rasiert er sich nicht mehr? Warum behauptet er das Gegenteil dessen, was er gestern gesagt hat? Es ist ziemlich leicht, sich von einem fremden Menschen wieder zu verabschieden, ehe er ein vertrauter Mensch geworden ist. Es erübrigt sich unter Umständen, überhaupt Abschied zu nehmen, was zwar unhöflich wirkt, aber doch allgemein verständlich und wirkungsvoll ist. Jemand ist aus dem Leben eines fremden Menschen verschwunden; das ist keine Nachricht für niemanden. Platanenknirschen. Es ist einfach, auch hartnäckige Fragen nach dem früheren Leben (der Visitenkartenbesitzer sagt *Vorleben*) zu überhören. Oder derart befriedigende Antworten zu erfinden, dass keine weitere Frage mehr folgt. Ich habe kein Bedürfnis, etwas zu erklären. Dass ich hier bin, ist Erklärung genug. Es fallen mir zu dem Wort *Erklärung* die beiden Komposita *Steuererklärung* und *Liebeserklärung* ein.

Ich träumte in der Nacht, dass ich mit übereinandergeschlagenen Beinen auf einer Parkbank saß. Ein Dackel biss mich in die Fußspitze des übergeschlagenen Beins. Im Traum war ich darüber so überrascht, dass ich ihn ansah und wusste: Er hat es aus Mutwillen getan. Warum konnte ich Mutwillen in seinem bebenden Körper lesen? Trotzdem passierte es mir, dass ich bei dem Biss reflexartig meinen Fuß nach vorne stieß und dem Dackel einen Tritt versetzte. Sogar im Traum war mir die Größe meines Fußes und die des Dackelkopfes bewusst, auch der Schmerz, den der Biss verursacht hatte, blieb und die Erinnerung an die unverhältnismäßige Gewalt meines Tritts. Die Scham über den Reflex überwog, aber die Scham hat keinen Ort, eine Traumscham.

Die Aufgaben, die ich zu erfüllen habe, sind geringfügig. Ich bin da, wenn der Visitenkartenbesitzer kommt, ich bleibe im Haus, wenn er geht. Jedenfalls bleibe ich für eine ganze Weile, nachdem er gegangen ist, im Haus. Ich richte die umgeknickten Pflanzen auf und beobachte meine Hände, wenn ich bestimmte Handgriffe mache. Auch meine Hände sind eine Art von umgeknickten Pflanzen. Ich halte die Schere noch eine Weile in der Hand, wenn ich ein welkes Blatt abgeschnitten habe. Am Abend höre ich das Knistern der Zeitungsblätter, die der Mann mit einem Ruck umschlägt, ich bin mit diesem Geräusch nicht unzufrieden und bemühe mich, selbst wenig Geräusche zu machen, damit die Hörintensität keinen Einbruch erleidet. Wenn ich den Kopf nach dem Knistern der Zeitungsblätter umdrehe, höre ich außerdem manchmal das leise Knacken von Halswirbeln, mit dem ich nicht gerechnet hatte. Ich bin doch noch ziemlich jung. Ich denke darüber nach, dem Mann vorzuschlagen, den lodengrün bezogenen Diwan in einer anderen Farbe beziehen zu lassen, blau wie der Schrank zum Beispiel, eher preußischblau als azurblau. Doch wenn ich tagsüber mit dem Notizblock auf dem Diwan lagere, decken mein Körper, mein weiter, gefältelter Rock die Farbe, mit der ich mich nicht anfreunden will, fast vollkommen zu. Nur nicht in der Gegend des Kopfes, der Schultern, deshalb sehe ich lieber auf meinen Notizblock. Setze ich mich also fest, wo ich bin, ist der kleine Unwille leicht zu ertragen, äußere ich den Wunsch nach einer Veränderung, einer für mein Gefühl zu diesem Raum und der gegenwärtigen Benutzerin passenden Farbe, bin ich so eingenommen von meiner Planung, als wollte ich lange Zeit hier bleiben, vielleicht bis der Notizblock vollgeschrieben ist, bis der Diwan durchgelegen ist, bis ich eine alte Frau geworden bin, die sich nur noch mühsam und ächzend von ihrem Tageslager erhebt, um in ihr nebliges, lauwarmes Nachtleben abzutauchen. Ich könnte mich darauf verstehen, hier zu verharren für eine freundliche Heizperiode. Am angenehmsten wäre es, ich ließe den Diwan beziehen, und der Mann merkte es nicht einmal. Ich denke jetzt in seiner Abwesenheit tagsüber in der freundlichsten Absicht an ihn. Ich ertappe mich dabei, dass ich nicht mehr *Visitenkartenbesitzer* denke, wenn ich an ihn denke. Wie rasch und energisch hat er mich an sich gebunden. Wie rasch hat er mir die Regeln zu verstehen gegeben, nach denen er zu leben wünschte. Wie wohl hat mir die Ordnung der Dinge getan, die ich bei ihm vorgefunden habe. Die Haut, der Blick, das Brummen des Druckers, der Fiepton des Herdes. Schon wieder oder immer noch hielte ich den Diwan besetzt. Oder mein Hals, meine Schultern, mein Rücken dehnten sich zu einer breiigen Masse, die das ganze Polster einnimmt, ausgebreitet, breitgestrichen, und darüber der nicht übermäßig große Notizblock. Der Körper eine weder feste noch besonders weiche Schreibunterlage, ein Löschblatt einerseits für das Lodengrün und andererseits für die das Papier ritzenden Buchstabenschleifen. Was mir bei diesen stillen Überlegungen, der Vermeidung einer verbindlichen Planung (*Lebensplanung?*) als ein auffälliges Indiz in den

Sinn kommt, ist das Fehlen jeglichen Imperativs. Schon seit Wochen, so scheint es mir jedenfalls, habe ich die Stimme nicht mehr gehört. Halt's Maul. Jetzt sage ich es selbst probehalber zu mir, und nichts geschieht. Es könnte aber auch sein, dass ich, beschäftigt mit dem Geräusch der abplatzenden Platanenrinden, die Stimme einfach überhört habe. Oder die Faszination durch das trockene Reißen und Krachen vor dem Fenster ist so groß, so naturgewaltsam geworden, dass die Erwartung einer Verstörung, wenn sie denn eintrat, nur eine Enttäuschung war, die gleich vergessen wurde. Wenn ich sage: Ich kann mich nicht erinnern, keine Stimme hat in der letzten Zeit in mein Ohr gedröhnt, so könnte dies bedeuten, ich habe mich auf dem lodengrünen Diwan immun gestellt gegen die Einschüchterung: Halt's Maul. Ob die Stimme tatsächlich verstummt ist, kann ich nicht sagen, doch bin ich aufmerksam genug, sie nicht zu überhören, wenn sie sich vielleicht diesmal ganz leis, flüsternd, verführerisch neben meinem Ohr bemerkbar machen würde. Könnte ich sie herzitieren, nur so, aus dem Gedächtnis, wie die Dokumentation eines verlorenen Geräuschs? Ich glaube schon. Doch weiß ich nicht, wie ich sie wieder loswürde.

In dem blauen Schrank habe ich als einzigen Gegenstand ein baumwollenes Sommerkleid gefunden, weiß mit roten, vergnügten Talertupfen. Über den Schultern ist das Kleid geknotet, der Rückenausschnitt ist weit, vorn ist es ziemlich hochgeschlossen. Ich hielt das Kleid an meinen Körper. Es muss einer sehr viel kleineren Frau, als ich es bin, gehört haben. Ich stelle mir eine dünne, dunkle Frau vor, die lauter Gegenstände in einen Koffer wirft, der Koffer ist zu voll, sie zerrt das getupfte Kleid heraus und hängt es zurück. Oder der Mann bittet sie, etwas zurückzulassen, als sie geht, bevor sie endgültig gegangen ist, zum Beispiel soll sie das Kleid, das er so gerne an ihr gesehen hat, dalassen. Und sie läßt es ihm. Warum habe ich keinen Zweifel, dass die kleinwüchsige Frau ihn verlassen hat? Doch, ich habe ja Zweifel und habe über diese hinweggeschrieben, wie man es häufig tut mit behänder Hand. Die Frau überlässt dem verlassenen Mann großmütig das Kleid, das er so gerne an ihr gesehen hat. Das scheint eine Szene aus einem alten Hollywood-Film zu sein, eine Szene, die allerdings geschnitten worden ist. Eher findet in einem alten Film eine Frau das Kleid einer anderen Frau. Sie erschrickt. Etwas hat sie geahnt, undeutliche Signale haben sie zum Suchen und schließlich zum Finden gebracht. Dann erfährt sie die Geschichte von dem tragischen Unfall, der das Leben der ersten Frau gekostet hat. Ja, wirklich *gekostet*. Einen Augenblick lang koste ich das fremde Gefühlstremolo aus. In einem neueren Film wäre eine hinkende Flamencotänzerin bei einem Brand ums Leben gekommen, und nur das Tupfenkleid wäre übriggeblieben mit ein paar Rußspuren. Später hätte sich herausgestellt, dass nicht die Tänzerin gestorben, sondern die Mutter der Tänzerin beim Brand vermisst worden ist. Sie war in das Leben der Tochter eingetreten, hatte sie beherrscht, bis die Tochter die Nerven verlor und das Haus anzündete. In einer späteren Szene sieht man einen Feuerwehrmann, der das Tupfenkleid an sich presst und in seinem Overall wie eine Trophäe verschwinden läßt. In den Träumen der Tochter taucht die Mutter am Fenster auf. Während sie mit einem Mann schläft, will die Mutter ins Zimmer hinein, um sie mit einem Lappen, der nur noch entfernt an das Tupfenkleid erinnert, zu ersticken. Das ist sehr komisch, aber die Filmszene bricht abrupt ab. Dann überlege ich, welchen Gegenstand ich in diesem blauen Schrank lassen würde, wenn ich wegginge. Doch jetzt möchte ich bleiben und mich wieder leise auf den Diwan zurückziehen.

Die Anforderungen, die an mich gestellt werden, sind gering und leicht zu erfüllen. Der Mann bittet mich, ein Gesicht zu machen, das ihm gefällt. Manchmal, wenn er gerade zur Tür hereinkommt und ich ihm entgegengehe, wie es wünschenswert ist für einen Nachhausekommenden, fragt er: Was machst du für ein Gesicht? Ich weiß nicht, was für ein Gesicht ich gemacht habe. Ich habe kein Empfinden für mein Gesicht, für Stirnfalten, den Glanz in den Augen, das Heben und Senken der Mundwinkel. Ohne zu zögern mache ich ein anderes Gesicht, und manchmal kurz darauf ein drittes, bis sich sein Gesicht aufhellt. Er ist zufrieden mit meinem Gesicht, ich bin zufrieden mit seiner Zufriedenheit, mehr ist nicht zu erwarten. Mehr ist nicht wünschenswert. Auch die Abendessen, die ich bereite, sind leicht in einem dreifachen Sinn: nicht der Rede wert, leicht bekömmlich und leicht zuzubereiten. Mehr wäre machbar, nicht nur auf dem Papier, auch mit dem Schnitzmesser und in Töpfen, also in einer abendlichen Wirklichkeit. Machbar, aber nicht wünschenswert. Das Brodeln eines Suds übertönte das Knirschen der Platanenrinden. Ein Stück Fleisch auf einem Teller ließe die Aufmerksamkeit von den Platanenrinden wegdriften. Der Mann sagt am Tisch: Was hast du da wieder gezaubert! Dabei lacht er. Verzaubert. Aber ich habe nicht gezaubert, ich habe Kaltes erhitzt und in eine Verbindung gebracht mit Hilfe eines Rührlöffels. Während der Mann und ich kauen, höre ich in meinen Kopf, in meinen Rachen, in mein Ohr hinein, ob da eine Stimme ist, die Halt's Maul sagt. Manchmal höre ich Geräusche aus meinem Magen, auch aus dem Magen des Visitenkartenbesitzers, Geräusche, für die jeder sich vor dem jeweils anderen entschuldigt, wenn er sie hört, von denen er aber annimmt, dass sie besser zu überhören sind als Geräusche aus dem Darm, wie ein Aufstoßen des Verzehrten, noch nicht Verdauten. Luftröhrengewitter.

Wir stellen den Fernseher an, wir sehen bei CNN eine Nachrichtensendung, wir sehen einen vernünftigen Reporter auf einer kleinen Anhöhe stehen, souverän wippt er in den Knien, während er spricht, souverän räuspert er sich in einer Sprechpause. Das aufständische Gebiet, aus dem er berichtet, ist außer Kontrolle, aber er hat die Nachrichten fest im Griff, sein Auftreten ist die gute Nachricht. Hinter ihm eine von der Hitze versengte Hügellandschaft, flimmernde Luft ringsum, er nennt Namen von Ortschaften, wir haben diese Namen schon häufiger gehört, sie klingen in den Ohren. Wir hören seine Stimme weiter im Off, während eine junge Frau eine Greisin mit jammervoll dünnen Beinen und nackten Füßen in einer Schubkarre ins Bild schiebt. Ein Kind sitzt auf einer Hausschwelle, aber das Haus hinter ihm ist ein rauchender Trümmerhaufen. Es kommt mir vor, sagt der Mann, als gäbe es in allen Fernsehprogrammen nur ein einziges Kind, mal ein wenig hellhäutiger, mal ein wenig dunkelhäutiger eingefärbt, das in allen Filmen über Krisengebiete immer wieder eingesetzt wird, damit die eingeblendete Spendenkontonummer karitativ aufgewertet wird. Ich lache über seinen Einfall – er klingt kinderfeindlich und nicht sehr spendenfreundlich, ja, genauer gesagt: empörend – und sage zu dem Mann, ich sähe diese Bilder mit anderen Augen. Was für Augen?, fragt er, aber ich fürchte die Ohrenfeigenstimme, die Halt's Maul sagt, sage nichts und räume die Teller auf dem Esstisch zusammen.

Ich sehe dem Mann später am Abend zu, wie er eine Zeitschrift aufschlägt und sich still in einen Artikel versenkt. Wenn ich ihm über die Schulter sehe, lese ich den Titel eines Aufsatzes *North America National Gas Market Outlook*. Verschiedenartig schraffierte Kolonnen, nebeneinandergerückt in dramatischer Höhe. Schwingende Kurven, die sich hoffnungsvoll auf einem Schaubild in den oberen rechten Rand bohren, immer höher hinauf. Ich hatte nie viel über Gas nachgedacht, Gas war da oder war nicht da, in einer Wohnung ratschte man ein Zündholz über die Reibfläche einer Streichholzschachtel, hielt das brennende Hölzchen an eine der Düsen des Brenners auf dem Herd, die Gasflamme schoss hoch.

Oder im Bad wurde der Warmwasserhahn aufgedreht, und im gleichen Augenblick sprang rasselnd der große, altmodische Boiler an, dröhnte und röhrte gemütlich, eine Lärmquelle in der Nacht, eine unversiegbare Warmwasserquelle beim Duschen und Baden. Ich hatte nie viel über Gas nachgedacht, zu symbolisch, zu befrachtet, ab und zu las man von einer Gasexplosion in einem Abbruchhaus, oder ein unglücklicher Mensch klemmte eine Leitung ab mit unwägbaren Folgen. Und nun saß ich plötzlich an der Flamme, sah zu, wie sich der Visitenkartenbesitzer in einen Kampf um Marktanteile verstrickte, wie er aus der Verstrickung Gewinn zog. Das Gas, das ich verbraucht hatte, einfach so, ohne über seine Stofflichkeit nachzudenken, manchmal schon über seinen Preis, war mit dem Visitenkartenbesitzer auf ganz neue Weise in mein Leben getreten. Oder soll ich sagen: gedrungen? Weißt du, sagte der Mann, wieviel Kilometer Gasleitungen wir besitzen? Ich hatte keine Ahnung und sagte das gleich, um Enttäuschungen zu vermeiden. Fast elftausend, sagte der Mann, und er strahlte dabei ein bisschen. Nach meiner langen Reise hatte ich eine ungefähre Vorstellung von zehntausend Kilometern, jedenfalls fünftausend hin und fünftausend zurück konnte ich mir jetzt als Dimension klarmachen, ich musste die Hin- und Rückreise nur noch zusammenfügen zu einem langen, zu einem unermesslich langen Band. Fast elftausend, das ist ziemlich toll, sagte ich. Ich hörte die Stimme Halt's Maul sagen, konnte ihr diesmal nicht unrecht geben, so war ich wieder still. Ein bisschen enttäuscht war ich, dass der Mann *wir* sagte und damit die Gesellschaft, für die er arbeitete, meinte. Er sagte noch einmal *wir.* Wir werden vom liberalisierten Gasmarkt enorm profitieren, vom diskriminierungsfreien Zugang zu den Gasnetzen. Auch die Transportkosten sind dann bis ins Detail geregelt. Ich hatte keine klare Vorstellung von einem anderen *wir,* aber es fiel mir nebenbei auf. In unseren Untertagespeichern können wir immerhin 4,8 Milliarden Kubikmeter Erdgas bunkern, das sichert uns Exporte, dozierte der Mann weiter, und wir steigern, steigern durch Zukäufe. Das konnte ich mir nicht vorstellen, es gab doch schon so viel Gas, 4,8 Milliarden Kubikmeter in den Speichern, ich bläute es mir ein für alle Fälle. Ich machte hm, horchte auf die Stimme, die dieses Mal wieder ausblieb, aber der Mann sah bei der glorreichen Nachricht vom Geschäftserfolg kein bisschen stolz aus. Dann war es wieder still.

Ich versuche, mir das strömende Gas in den unterirdischen Leitungen quer durch den Kontinent vorzustellen, die leise Unterhöhlung der Landschaft, die nicht mehr Landschaft, sondern Ummantelung von Röhren ist, ich höre das unterirdische Strömen, das Umblättern der Seiten, manchmal ein Räuspern aus dem Sessel, das ist alles, was ich höre. Später in der Nacht klinkt sich der Mann an einem blauen Bildschirm in den asiatischen Gasmarkt ein, auf dem es schon Morgen wird. Ich höre ihn aufgeregt Luft auf den Bildschirm pusten, Luft, die sich wie ein warmer Nebel auf die Oberfläche seines Gerätes legt. Ich schlüpfe aus meinen schwarzen asiatischen

Slippern und gehe hinter seinem Rücken barfuß durch das Haus. Manchmal folgt er mir, manchmal hält er mich zurück mit einer großäugigen Erwartung. Gestern legte er einen Finger in meine silberne Kette und zog mich an der Kette ein Stück zu sich heran, so schien es mir jedenfalls. Die Kette ist aus kräftigen Silberdrähten geflochten, ein schönes Stück, sie hätte auch einen harten Zug wie an einer Kandare ausgehalten. Das Pferd bäumte sich nicht auf. Der Mann druckste ein wenig herum, er hielt mich fest und verzog sein Gesicht schmerzlich. Ich vermutete, dass die letzten Nachrichten vom Gasmarkt schlecht waren. Doch er bat mich, ihn zu schlagen, nur ein klein wenig. Er lockerte den Griff um meine Kette, ich zog die Kette, er zog Hemd und Hose aus. Sein Körper, das habe ich bis jetzt nicht erwähnt, ist weder papieren noch viereckig, wie ich das auf dem Schiff vermutet hatte. Ich schlug auf das sonnengegerbte Fleisch, schlug in regelmäßigen Abständen. Die silberne Kette blinkte in meiner Hand. Ich wartete dabei, dass ich eine Stimme hörte. Hör auf. Hör endlich auf. Aber ich hörte keine Stimme, weder die des Mannes noch die Stimme in meinem Ohr. Meine eigene Stimme stand nicht zur Verfügung. So schwieg ich und schlug weiter. Warum der Mann nicht sprach, weiß ich nicht. Er keuchte. Hör auf, sagte ich zu mir selbst. Aber ich war so gewohnt, eine Stimme in meinem Ohr zu hören, die Halt's Maul sagte, dass ich jetzt sofort wieder aufhörte, zu mir selbst zu sprechen. Das Schlagen fiel mir zu meiner Verwunderung leicht. Der Geschlagene wurde mir mit jedem Schlag vertrauter. Auch das verwunderte mich. Schließlich hörte ich auf, weil mir die Hand wehtat. Ich hatte alles Zeitgefühl verloren. Der Mann sagte: Danke. Und weiter sagte er: Ich dachte, dass du es tust, aber ich war mir nicht sicher. Ich erwiderte seinen Dank ganz zeremoniell, wir sind höfliche Leute, später dachte ich, eine andere Person an meiner Stelle hätte vielleicht gesagt: Es war mir ein Vergnügen. (In meiner Vorstellung war das zu viel.)

Er überraschte mich so zum zweiten Mal an diesem Abend. Und gleichzeitig verstörte, ja beschämte mich das Ausbleiben meiner Stimme. Ich antwortete dem Mann nicht, obwohl es höflicher gewesen wäre. Immerhin gab es eine Art von Vertrautheit, einen Vertrauensbeweis zwischen nicht mehr ganz fremden Menschen. Immerhin hatte ich ihm den Wunsch zu seiner offenkundigen Zufriedenheit erfüllt. Der Mann wandte sich wieder seinem Bildschirm zu, ich ging in das Zimmer mit dem blauen Schrank. In mein Notizbuch schrieb ich den Satz: Er krümmte sich zusammen, presste seine Arme um seine Knie und blieb so in einem Mauerwinkel liegen. Mehr wollte ich nicht schreiben, nicht an diesem Abend. Gab es Menschen, die in ihrem Ohr eine höfliche und bestimmte Stimme hörten, die anders sprach als meine Stimme? Hör auf. Hör sofort auf. Es könnte eine enorme Entlastung sein, eine Ruhe mitten im Sturm, eine solche Stimme zu hören. Eine begonnene Handlung, bei der sich die Menschen, die diese Stimme hören, unwohl fühlen aus verschiedenen Gründen, könnte umstandslos mittendrin abgebrochen werden. Eine lästige Arbeit, zack, zu Ende! Eine Anstrengung, eine Reise, eine Auseinandersetzung – sicher säßen diese Menschen schließlich tatenlos auf einem Stuhl, niedergedrückt vom Gewicht des Aufhörens. Vielleicht hörten sie eines Tages auch auf, tatenlos auf ihrem Stuhl zu sitzen, sie ständen einfach auf, um weißgottwas zu unternehmen, bei dem sie wieder die Stimme hörten: Hör auf. Hör sofort auf. Hätte ich zu schlagen aufgehört, wenn ich eine solche Stimme gehört hätte? Darüber möchte ich nicht spekulieren. Meine Stimme, die mir den Mund verbietet, hat jedenfalls meine Bewegungsfreiheit nicht eingeschränkt, meine Schiffsreisen, meine Landgänge, meine Umzüge mit kleinem Gepäck. Insofern muss ich meiner Stimme, ob sie ausbleibt oder nicht, dankbar sein. Ich bin so leis an diesem Abend, so voraussetzungslos leis auf dem Diwan gekauert, dass ich jede Stimme hörte, woher sie auch spräche. Hellhörigkeit nennt man wohl diesen Zustand. Halt's Maul. Halt's Maul. Meine Ruhe breitet sich aus wie ein Teppich. Ein Teppich, auf dem ich zu fliegen beginne, noch einmal auf das Meer hinaus, in die Wellenschläge, in das Schaumgekräusel. Die Wellen knallen an die Bordwand, eine feuchte Kälte liegt auf dem Deck, mit einem silbrigen Film aus Salz sind die Bohlen bedeckt. Ein dünnes Sichelchen von Mond schneidet die Wolken entzwei. Ruhiger Seegang, sterngetalerter Himmel, die meisten Passagiere schlafen schon. Eine zierliche Frau mit einem Tupfenkleid steht an der Reling. Sie schwenkt ein Paar Sandalen, als wolle sie sich für immer von ihnen trennen. Als wolle sie sich für immer von den Begierden und den Verheerungen des Körpers durch die Begierden trennen. Das Rot steht Ihnen gut, sage ich, eine kleine Reise, eine Distanz der hitzigen Körper hat noch nie geschadet, sage ich. Ich möchte es sagen, aber ich sage es doch nicht, ich möchte nicht Halt's Maul in dieser warmen Meeresnacht hören. Ich möchte gar nichts hören, ich möchte mich auf die Reling stützen und der zierlichen Frau zusehen, wie sie neben mir aufs Wasser starrt und ihre Riemchen an einem losen Finger baumeln läßt. Es ist doch nicht nötig, in der Dunkelheit Rouge auf die Wangen zu pinseln, denke ich, sage es aber nicht. Das Schweigen ist eine Gewohnheit wie das Essen von Weinbrandpralinen, das Gedankenlesen. So ist es am Anfang, eine Spannung, Unruhe und Verwirrung, dann wird man die Gewohnheit nie wieder los.

Haben Sie einmal umsonst auf einer Landungsbrücke gestanden?, fragt die Frau im Tupfenkleid. Umsonst und ganz vergeblich? Ich verneine. Die Luft geht einem durch und durch. Die Frau sieht in den Himmel, aber sie öffnet dabei nicht wirklich die Augen, vielleicht glaubt sie, durch die Lider hindurch sehen zu können. Durch diese Nacht sehe ich keinen einzigen Stern, sagt sie. Ich bin krank, sagt sie, meine Ehe wird immer peinigender, ich gehe, wollte schon lange gehen, doch habe ich es nicht gewagt. Und dann: Meine finanzielle Situation ist geklärt; *geklärt*, das war ihr Ausdruck. Ich hatte nicht den Mut, mich an jemanden zu wenden, also fraß ich alles in mich hinein. Können Sie das verstehen?

Ich mache eine vage Handbewegung im Dunklen, die sie deuten kann, wie sie will. Sie spricht weiter mit monotoner Stimme: Am letzten Abend packte ich das Badezeug und die Flaschen und Tuben in den Koffer, da kam mein Mann überraschend nach Hause, und als er sich im Zimmer umgesehen hatte, fragte er: Wo ist denn dein Sohn? Und weiter: Wo ist denn dieser Bummelfritz? Es ist ja erst neun Uhr, sagte ich. Wenn ich zu Hause bin, kann er auch zu Hause sein. Einerseits musste ich ihm recht geben. Ich sagte aber trotzig: Für gewöhnlich kommst du um zehn Uhr heim, es ist ein Zufall, dass du früher da bist. Wie es seine Art ist, steckte er den Kopf in die Tür des zweiten Zimmers, also sah er, dass ich packte. Das Ticket lag auf der Kommode, er studierte es gründlich. Aha, eine Schiffsreise, warum nicht, die Dame sticht in See. Dann drehte er sich um und fragte: Wer hat dir das Geld für die Reise gegeben? Er ging in den Hof hinaus, zog den Schlüssel aus dem Schloss, ich fürchtete, dass er mich eingeschlossen hätte, ich schaute durch den Spalt des Rouleaus, was er draußen tun würde. Ich sah nichts in der Dunkelheit, nichts in diesem Augenblick, nichts im nächsten, jeder Lidschlag Dunkelheit, dann weiß ich nichts mehr. Ich fürchtete mich. Ich fürchtete mich sehr. Dann hörte ich, wie er mit dem Spaten den Kompost umsetzte, Schaufel für Schaufel, als hätten wir uns nie gestritten.

Ich bewunderte die Frau, wie sie so redete, so frei heraus, sich um Kopf und Kragen redete in der Nacht, so offenherzig, als fiele alles auf fruchtbaren Boden, was sie an Sätzen fallen ließ. Ich bückte mich danach. (Der Boden war auch fruchtbar, ich schrieb nieder, was sie sagte, später erst, als ich mich wieder erinnerte an sie.) Warum haben Sie, als Sie Ihren Mann verließen, das schöne Kleid nicht mitgenommen?, fragte ich. Welches Kleid?, fragte sie, sie musste ein Dutzend schöner Kleider haben, wenn sie so fragte. Das Tupfenkleid, beharrte ich. Ich besitze kein Tupfenkleid, sagte sie. Jetzt sah ich erst, dass das Kleid, das sie trug, mit kleinen Tennisschlägern bedruckt war, oder waren es Bären. Sie müssen eine sonderbare Ehe geführt haben, sage ich dann vorsichtig. Ich höre die Stimme, Halt's Maul, doch das ist nicht das Schlimmste, die Frau wirft mir einen scharfen Blick von der Seite zu. Was wissen Sie denn? Halten Sie doch den Mund. Und schlüpft in ihre Sandalen und stolziert in ihre Kabine zurück. Dann knirschen wieder die Platanenrinden im Hof. Auf meinem Notizblock notiere ich noch das Wort *Hörigkeit*, für einen ganzen Satz bin ich zu müde.

In der Nacht höre ich den Drucker rattern, auf einer Schlange von Papier werden neue Informationen über den rapid veränderten Gasmarkt ausgedruckt, als könnten die Preise über Nacht explodieren. Die Körper dagegen sind still, auf eine verbissene Weise. Sie verknäulen sich zu einem Rudel, treffen sich auf einer imaginären Futtersuche, die Rücken gestrafft, die Schenkel angespannt. Getrappel, das auf dem Laken knittrige Spuren hinterlässt. Am Morgen wundere ich mich, dass ich nicht die Abdrücke von Pfoten und Hufen finde. Ich ziehe mein menschliches Körperfell an, schlüpfe in die schwarzen asiatischen Slipper. Es hat ein wenig geregnet, der Himmel ist lappig grau. Die rissigen Rinden springen heute nicht vom Stamm. Es ist, als hätte das bisschen Feuchtigkeit in der Luft sie wieder angeklebt. Zur immer gleichen Zeit verlässt der Mann das Haus. Er küsst mich, er umarmt mich, wie es sich gehört. Den Tag verbringe ich in vollkommener Schweigsamkeit. Diesen Tag wie viele andere. Die Schweigsamkeit träufelt in den Tag, bleicht seine Farbe aus. Übrig bleiben der lodengrüne Diwan, der blaue Schrank, mein weißer Notizblock. Ich habe mir angewöhnt, die beschriebenen Blätter abzureißen und auf dem Lodengrün auszubreiten. Wenn ich auf dem Diwan lagere, meinem Aussichtsnest zwischen den Platanenästen, mache ich meinen Körper schmal, winkele die Arme in den Ellenbogen an, damit ich die Blätter um mich nicht knicke. Den weiten, gefältelten Rock trage ich nicht mehr. Ich habe ihn neben das Tupfenkleid gehängt, das mir nicht gehört. So sieht es fast aus, als gehöre mir auch der Rock nicht mehr. Jemand, der später den Schrank öffnet, wird durch die freundliche Zutraulichkeit des kleinen Tupfenkleides und des größeren Rockes, Kleidungsstücke, die offenkundig von verschiedenen Frauen getragen wurden, in Erstaunen gesetzt werden. Ich starrte auf die Tupfen, zu gerne hätte ich mehr aus der Geschichte der Trägerin des Tupfenkleides erfahren. War sie weggegangen, weil der Visitenkartenbesitzer sie so viel allein gelassen hatte? Weil er Unmögliches von ihr verlangt hatte? Hatte sie einfach

Lust wegzugehen? Und wann war sie weggegangen, war sie bei seiner Schiffsreise noch hier gewesen? Hatten sie die Schiffsreise gemeinsam gemacht? Ich fürchtete, sie hätten sich versöhnt. Ich wünschte, ich würde es nicht fürchten; es ging mich nichts an, nein, wirklich nicht.

Flugzeuge tauchten aus der Stille, schnitten die Luft und verschwanden wieder in der Unhörbarkeit. Ein Grünspecht beklopfte, als ich am Fenster stand, probehalber den Platanenstamm, doch so nahe an einer menschlichen Behausung gab er seine Unternehmung wieder auf, vielleicht hatte nur meine Bewegung im Fenster den Vogel vertrieben. Der Mann kommt am Abend nach Hause. Er bringt den großäugigen, sehnsuchtsvollen Blick mit, ich vermeide es, ihn anzuschauen. Mit dem Finger fährt er meine Halskette entlang. Er spricht nicht. In die Stille hinein zuckeln die Papierschlangen, eine Fahne aus Schnee. Ich setze mich dem Blick des Mannes aus. Ich nehme meine Kette ab und schlage. Später ordne ich die herausgerissenen Blätter meines Notizblockes zu kleinen Stapeln auf dem Diwan. Ich bin so müde, als hätte ich eine schwere körperliche Arbeit hinter mir. Als hätte ich zum Beispiel Holz gehackt.

Die Einübung in das langsame Schweigen ist mir gelungen. Schnell zu schweigen, was nicht heißt, schnell den Mund zuzumachen, ist mir noch nicht gelungen. Es gehörte ein Willen dazu, der jede Regung zu sprechen sofort umbiegt in ein schleichendes Ersterben. Ich denke an das Experiment, in dem den Versuchspersonen vorab vom Leiter des Experiments gesagt wurde, sie könnten mittels eines Hebels einem anderen Menschen, den sie nicht sehen, aber hinter einer Trennscheibe hören könnten, Stromstöße verpassen. Auf diese Weise könnten sie jemandem einen leichten Schrecken einjagen oder weitergehen auf der Skala, so dass der Schmerz fühlbar wäre oder noch weiter, weiter. Sie wurden ermutigt, die ganze Skala auszureizen, und sicher war auch die Rede von einem ordnungsgemäßen Ablauf des Experiments, in dem jede einzelne Versuchsperson ein Stück Verantwortung trage. Die Versuchspersonen, so wurde berichtet, sind weiter und weiter gegangen, das Stöhnen und Wimmern im Ohr, nur wenige brachen das Experiment ab. Möglicherweise habe ich das falsch in Erinnerung oder ein bisschen verzerrt. Es fehlte den Versuchspersonen neben dem Leiter des Experiments eine Stimme, die in ihr Ohr sprach. Hör auf. Hör sofort auf. Am Ende des Experiments wurde ihnen lebhaft für ihre Mitwirkung gedankt, und sie waren zufrieden, dass ihnen gedankt wurde. Sie hatten sich einer schwierigen Aufgabe gewissenhaft entledigt.

Mit einem Vorortzug fahre ich in die Stadt. Die meisten Fahrgäste sind Jugendliche in papageienbunten Jacken. Sie schleppen Rucksäcke voller Sportgeräte zu ihren städtischen Unternehmungen, dazwischen sitzen Frauen im Zug, die über einem Einkaufszettel brüten. Wenn sie aufblicken, sticht ihr Blick in die finstere Luft, die sie wie eine muffige Glocke umgibt. Nur der Kontrollgang eines Angestellten, der die Fahrscheine prüft und dem die Fahrscheine bereitwillig entgegengestreckt werden, weckt sie für einen Augenblick auf, sie wollen sich erregen, wollen, dass jemand schuldig wird vor ihren Augen, jemand, der eben noch ganz ahnungslos dasaß. Begierig spähen die Frauen, ob einer der Jugendlichen beim Fahren ohne Fahrschein erwischt werden wird. Ein Mann fällt mir auf, er sieht so sonderbar aus, ein Gesicht wie ein Hausmeister, zerfurcht, frühpensioniert, graulockig. Er trägt eine Sporthose mit hellen Streifen an den Seitennähten, der muskulöse, breite Oberkörper ist mit einem engen, ärmellosen Pullover bedeckt, über die Arme hat er Stulpen geschoben wie verlängerte Ärmelschützer, die viel zu warm sind für die Jahreszeit. Ich starre auf das kleine Dreieck Fleisch, das zwischen seinem Pullover und den Stulpen am Oberarm zu sehen ist. Ich habe einen plötzlichen Impuls: Wenn der Platz neben ihm frei wird, setze ich mich neben ihn und flüstere: Hören Sie, ich könnte Sie schlagen. Ein kleines bisschen, wenn Sie es wünschen. Oder so fest, wie mir der Sinn danach steht. Oder so fest, wie meine Kräfte reichen. Ich wartete, dass der Junge, der neben ihm saß, aufstand, dass der Kontrolleur ihn mitnähme als schwarzes Schaf, sah die abgeschabte Tankstellen- und Einkaufslandschaft vor dem Fenster vorübergleiten, die riesigen Buchstaben der wiedererkennbaren Namen, und war zum ersten Mal dankbar, dass es dies alles gab, die Wägelchen vor den Eingängen, die Schleusen zwischen einem kauflustigen, animierten Drinnen und einem chaotischen Draußen, die Parkplätze unter der beruhigten Oberfläche von Asphalt, die vernünftige Organisation des immer Billigen, zum dauernden Verbrauch Geordneten.

Ich starre den Mann mit den Stulpen an. Der Platz neben ihm ist noch besetzt, die Erregung der Hausfrauen ist ins Leere gelaufen, leider, und an der nächsten Station muss ich aussteigen. Ich stelle mich in die Nähe des Mannes mit den Stulpen, beuge mich zu seinem Sitz: Hören Sie, ich könnte. Da ist wieder die Stimme neben meinem Ohr. Sie sagt laut und vernehmlich: Halt's Maul. Ich bin davon so verunsichert, dass ich einen Augenblick lang glaube, der Mann mit den Stulpen hätte zu mir gesprochen, hätte meine Annäherung, die von Anfang an eine Zuwendung gewesen war, sogleich verhindert. Abgeschlagen in einem einzigen Augenblick. Halt's Maul. Ich gehe einen Schritt weiter vor und sehe, dass er eingenickt ist. Den Zug verlasse ich in schamvoller Hast. Die Bahnhofsuhr war stehengeblieben, die falsche Zeit ist mir recht, lieber als jede *wirkliche*. Gleichmütig erscheint mir die Stadt mit ihren Gitterrosten, aus denen die U-Bahn donnert, gleichmütig erscheinen mir die Passanten mit ihren machtvollen Einkaufstüten, mein Blick auf die Beschriftung der Tüten löst Verlegenheit aus. Ich bemerke, dass ich nicht gleichmütig bin. Eine kleine, aber doch heftige Merkwürdigkeit. In einer Druckerei bestelle ich Visitenkarten, ich benutze den Namen und die Adresse des Visitenkartenbesitzers, greife blindlings nach einem weiblichen Vornamen, der mir passend erscheint. Die Angestellte zeigt mir verschiedene Musterkarten,

Schrifttypen von äußerster Banalität und auch die immer feine, langweilige englische Schreibschrift, die am besten für Verlobungskarten geeignet ist, auch extreme Versuche, der Buchstabengewissheit durch Gewolltheit zu entkommen. Ich bin auch in diesem Punkt nicht wählerisch, ich will einen fremden Namen haben und bin verwundert, dass es nicht die geringste Schwierigkeit macht, eine Schachtel Visitenkarten mit einem beliebigen Namen zu bestellen. Aber wollen Sie keine Berufsbezeichnung darunter setzen oder den Namen Ihrer Firma?, fragt die Frau mit gut geschmiertem, professionellem Interesse. Ich entscheide mich für den Begriff *Schreibwaren*, das muss genügen. Auch der Mann, bei dem ich lebe, kann anders heißen, als er sich nennt. Die Initialen am Türschild kann sich jedermann zulegen, die Wahlmöglichkeiten sind begrenzt. Nur mit dem Postboten muss man auskommen.

Ich kaufte auch Nachschub an Notizblöcken in einer übertriebenen Menge. So viel würde ich nicht schreiben, nie im Leben. Trennungsflächen. Man gießt nur, was man reichlich gießen kann. Namentlich beim Herabbiegen des Kopfes in den Nacken, namenlos, nahtlos vom Block in den Nacken unter Vermeidung des Mundes. Im allgemeinen Rauschen ist das Schweigen nur eine Sonderform des Geräuschs. Es ist als eine Eigentümlichkeit aufzufassen, wie Hundehaltung eine Sonderform von Tierhaltung ist, wie Tierhaltung eine Sonderform von Geselligkeit ist, wie Nichtmenschwerdung eine Sonderform von Kreatur ist (auf dem Papier). Ich trank einen

Kaffee, lauwarm und dünn, sehnte mich zurück nach dem Diwan, nach dem Platanennest, nach der unverrückbaren Lage zwischen den Bündeln der Papiere, blätterte noch in der Stoffabteilung eines Möbelhauses einige Stoffmusterbücher durch, die sorgsam gezackten Ränder der Lappen machten mir Freude, warum waren die Blätter des Notizblockes nicht gezackt?, die Platanenblätter hatten eine schweifende Zähnung. Je mehr Stofflappen ich in der Hand hielt, mit denen ich mich nicht anfreunden konnte, umso weniger störend schien mir das Lodengrün, ja, jetzt nach einigen Stunden Abwesenheit sehnte ich mich auch danach oder nur nach dem Lager, dem Lichteinfall, dem Specht, der vielleicht noch einmal wiederkam. Also, dies war geschehen am Nachmittag. Eine Triumphzeit des kläglichen Versagens, der ganze Regionalzug ein Rückzug, kein Wort davon würde ich dem Visitenkartenbesitzer sagen. Es war aber ein Dröhnen im Ohr, Fremdgeräusche, Feindberührung. Der Feind war schon in die Ohrmuschel gedrungen, träufelte ein warmes Sekret hinein, wie Seifenlauge, wie eine Spülung, doch herausgespült wurde nichts, kein Pfropf, kein Nest, keine Entzündung. Das Ohr war nicht der Ort der Stimme. Ich hatte so lange nichts Eigenes gehört. Ich hatte nicht gehört, was ich hören wollte, ein Schnalzen, Schmecken, Saugen, Schmatzen, den ganzen süßen Aufstand der Sinne, den Hunger nach einer flüssigen Nahrung, nach dem Saugen und Gesäugtwerden, ein Welpengeräusch, die schöne Regression des Daniederliegens, trägen Aufstehens, des

Tappens auf schwankenden Pfoten, die Zartheit der Lederballen, die sich gegen die Korbwand stützen, das ganze glorreiche Naturnachsitzen, bis aus der winzigen Zungenbewegung, dem flattrigen Reflex des Gaumensegels eine Schwelle geworden ist, und alles ist geschluckt. Nein, das Ohr war nicht der Ort der Stimme, das Ohr war Austragungsort eines neuen Wettkampfes, dessen Regeln ich nicht kannte, niemand konnte sie im Augenblick kennen, eine Kommission um die Welt jettender, sich bedeutsam gebender Herren verhandelte darüber, kungelte, ich wollte ihnen nicht mein Ohr leihen, ich wollte mein Ohr ganz für mich, für ein paar süße, säuselnde Töne. Ich presse meine heiße Stirn auf die Tischplatte, ich polstere die Tischplatte mit einem Buch.

Garten: ein umfriedetes Stück Land, auf dem Gewächse mit besonderer Sorgfalt gezogen werden, sei es zu materiellem, sei es zu ästhetischem Genuss.

Gärung: ein chemischer Prozess, bei dem höherwertig zusammengesetzte stickstofffreie Verbindungen unter der Einwirkung eines Ferments in einfachere Körper zerfallen.

Gas: Ein Stoff, der weder zu riechen noch zu schmecken ist. Wettbewerb. Luftförmige Körper, in lebhaft fortschreitender Bewegung befindlich, deren Teilchen das Bestreben haben, sich nach allen Seiten hin möglichst weit zu entfernen. Wettbewerb. Werden mehrere Gase miteinander gemischt, so ist der Druck des Gemischs gleich der Summe der Partialdrucke. Brennbare

Gase, die dem Erdboden entströmen. Gase, die im Erdinneren lagern. Lieferungen von jährlich über einer Milliarde Kubikmeter gesichert, aus russischen Quellen immer weiter nach vorn geschoben, Wettbewerb, auf den Markt gekrochen, dann die Abhängigkeit von russischen Quellen wieder etwas aufgelockert, Schlangenlinien unter der Erdoberfläche, den Kontinent entlang aufgelockert bis zum verschärften Wettbewerb. Quer durch den Kontinent gejagt, geflossen, verscherbelt, schadhafte Leitung, dann den Hahn aufgedreht.

Ich schrieb nicht. Ich las in einem Lexikon. Ich las, weil ich nicht noch einmal den gleichen Satz wie vor einigen Tagen schreiben wollte: Er krümmte sich zusammen, presste seine Arme um seine Knie und blieb so in einem Mauerwinkel liegen. Ich schrieb dann doch noch einen Halbsatz: verwundert, dass seine Knie dem Gesicht so nahekommen konnten –. Es war gleichgültig, wo ich war, auf diesem Diwan oder auf einem Stuhl, in einer Schiffskabine, an Land gegangen in einem anderen Kontinent, wo sich auch ein Diwan fände und ein Dach über dem Kopf. Wettbewerb. Wichtig war, dass meine Stimme keinen Anstoß erregte. Ich musterte die Zeit aus, in der es so still war, dass ich die Blätter der Platane aneinanderstoßen hörte, lange bevor ein Hauch von Wind zu spüren war.

Es fällt mir schwer, den Mund zu halten, aber es fällt mir auch schwer, etwas aus meinem Mund zu lassen, wovon ich derart überzeugt bin, dass ich es unbedingt mitteilen will. Ich teile meine Tage mit dem Visitenkartenbesitzer, den Blättern aus meinem Notizblock, den Blättern der Platane und den braunen Früchten, die wie Weihnachtsbaumkugeln zwischen ihnen hervorschaukeln. Wenn ich vom Notizblock aufblicke – die neuen Blöcke habe ich wie zur Warnung am Fußende des Diwans aufgeschichtet –, wenn ich aufblicke, und die Rinden der Platanen knarren nicht, denke ich an die Welpen. Ich habe sie in die Obhut eines Schiffsoffiziers gegeben, der einen verhältnismäßig vertrauenswürdigen und den am wenigsten tierfeindlichen Eindruck der Besatzung machte. Ich gab ihm ein wenig Geld, das er hocherfreut und überrascht, ohne es anzusehen, in seine Tasche stopfte. Er versprach, für die Tiere zu sorgen, wie ich für sie gesorgt hatte. Dass die Tiere auch nur zufällig in meine Obhut gekommen waren, verriet ich nicht. Ich stelle mir die Tiere größer und kräftiger geworden vor, stelle mir vor, wie sie die Vorderpfoten auf die untere Stange der Reling legen, wie sie ihre kräftigen Ohren im Rauschen des Windes spielen lassen. Ein Naturschauspiel. Ein Abenteuerbuch, bestehend aus einem einzigen, unvollständigen Satz: Vier kleine, noch lange nicht ausgewachsene, aber schon eigensinnige Hunde auf See. Eines Tages, sage ich mir, werde ich auf dem Diwan nach einem kurzen Schlaf erwachen, und kein Gesicht wird mehr auf der Vorderseite meines Kopfes sein.

3
DIE UNENDLICHE DISZIPLIN

In der folgenden Zeit saßen der Mann und ich nach dem Abendessen öfters auf dem Balkon, tranken Wein und schauten dem Fächeln der Platanenblätter zu. Es war heiß geworden, es war noch einmal heiß geworden. Ich erinnerte mich wieder an die staubigen Plätze, an die kubischen Häuser, *aus der Türkenzeit* hatte ich im Reiseführer gelesen. Sie verwitterten und verrotteten auf lautlose Weise. Kein Mensch war auf die Idee gekommen, sie wiederaufzubauen, lieber hatte man ein paar Schritte weiter einen zwei-, dreistöckigen Betonbau hochgezogen, der, kaum fertiggestellt, so aussah, als werde er schon wieder rissig. Auf den Balkons standen Säcke und Kisten, ausrangierte Kühlschränke, vor dem Gitter hing schlaff die längst getrocknete Wäsche. In den Hauseingängen buckelten sich Plastiksäcke mit stinkendem Abfall. Manchmal schaute ein schwarzäugiges Kind dahinter hervor, verstört, als sei sein Stibitzen in ein träumerisches Driften übergegangen. Ich dachte an eine dicke Frau mit einem Kopftuch, die vor einem Häufchen Münzen mit untergeschlagenen Beinen saß. Ich hatte ihre dick geschwollenen Knöchel mit den blauen Adern und die rissigen Hornhäute an den nackten Füßen angeschaut. Ich wusste nicht, ob ich ihr ein Geldstück zuwerfen sollte, die Mildtätigkeit kam mir hochnäsig vor, die voyeurhafte Betrachtung ihrer ausgestellten Armut peinlich. Ehe ich mich noch entschließen konnte, in die Tasche zu greifen (das musste aber schnell geschehen) oder weiterzugehen (das musste zufällig wirken, schlendernd musste ich mich fortbewegen), ehe ich mich also entschließen konnte, warf eine junge, sehr dunkelhäutige, kraushaarige Frau in zerschlissenen Kleidern der Alten ein Geldstück hin. Ich erinnerte mich an meine Verblüffung und Beschämung und hatte bis zu diesem Abend auf dem Balkon nicht mehr daran gedacht.

Der Mann und ich waren sehr schweigsam. Wir hörten in der Straße hinter der Platane im Gemeindehaus, in dem die Fenster wegen der Hitze offenstanden, rhythmische Geräusche, schwere Schuhe stampften auf den Boden, es wurde in die Hände geklatscht, der Rhythmus wurde wiederholt und wiederholt, ein paar Füße schienen immer wieder danebenzustampfen, wir hörten eine schimpfende Stimme, die vermutlich den Vorgang korrigierte. Dann begann das Stampfen und Klatschen noch einmal. Holzhacker tanzten vielleicht so. Aber dies war keine Gegend für Holzhacker, keine waldige Gegend weit und breit. Ich erinnerte mich nicht, ein solches Geräusch schon einmal gehört zu haben. Dann war ein Peitschenschnalzen zu hören, wieder und wieder knallten Peitschen durch die Luft und trafen auf einen unbekannten Gegenstand. Die Luft schien bei dem Geräusch zu vibrieren. Was ist das für ein Geräusch?, fragte ich den Mann. Das ist das Knabenpeitschen, sagte er. Es findet jeden Donnerstag statt. Wenn die Fenster geschlossen sind, hört man es nicht so gut. Hast du es bisher noch nicht gehört?, fragte der Mann zurück. Ich hatte es nicht gehört und wollte es auch nicht mehr hören und schwieg wieder. Später am Abend ging eine Gruppe von Jungen am Haus vorbei, sie boxten den Papierkorb, einer sprang am Schild einer Bushaltestelle hoch und hangelte daran mit strampelnden Beinen. Ein Überschuss von Kraft tobte sich aus. Die anderen beachteten ihn nicht. Vermutlich waren es die Jungen, die wir eben beim Knabenpeitschen gehört hatten. Wer peitscht denn die Knaben?, fragte ich später den Mann. Die älteren peitschen die jüngeren. So ist der Brauch in diesem Ort seit vielen Jahren weitergegeben worden. Ich sah den Mann von der Seite an, vielleicht hatte er wieder sein bittendes Gesicht, das leise Flehen in den Augen, aber heute war sein Gesicht hart. Ich fragte ihn, auch um selbst den Brauch des Knabenpeitschens wieder zu vergessen, wie es in dem Unternehmen gehe, für das er arbeite. Bestens, sagte er, aber sein Gesicht blieb hart. Wir gewinnen und gewinnen. Bald haben wir den ganzen Gasmarkt neu aufgerollt. Ich wusste schon: knapp elftausend Kilometer Erdgas-Leitungen, 50 Milliarden Kubikmeter Gas, das jährlich verkauft wurde, 1600 Milliarden Kubikmeter Gas bei der russischen Gazprom unter Vertrag, abzuleisten über dreißig Jahre, das war nicht schlecht. Er sprach dann über die russischen Lieferanten, das ganze krause Gemisch von Hochmut, mangelnden Investitionen, den hochqualifizierten Ingenieuren und über den Niedergang der gewohnten Organisationsstrukturen. Aber ihr gewinnt und gewinnt doch, hast du mir kürzlich gesagt. Die Stimme flüsterte: Halt's Maul. Ich folgte ihr und biss mir auf die Lippen. Ja, natürlich, sagte der Mann, aber der Teufel steckt im Detail. Wie soll die Durchleitung des fremden Gases durch unsere Leitungen berechnet werden? Gas sei nicht gleich Gas, es gebe enorme Qualitätsunterschiede, die der Kunde merken könne. Auch spiele die Entfernung und die Menge des durchgeleiteten Erdgases eine Rolle. Das auszuhandeln dürfte noch schwieriger sein als beim Strom. Ich hatte den Mann selten so lebhaft und energisch gesehen und sagte ihm das. Halt's Maul, fuhr mir die Stimme dazwischen. Jetzt waren wir zu dritt, und das Gas strömte unterirdisch, rauschte in meinen Ohren, ich bildete mir ein, es hören zu können, vielleicht wollte ich es nur hören, um die Stimme loszuwerden. Der Mann scheuchte mich aus meinen Wahrnehmungen auf: Um weiterzukommen im Unternehmen müsse er wahrscheinlich für eine längere Zeit in Moskau arbeiten, nur vor Ort, nur vor Ort, jetzt lachte er selbst, könne man wirklich etwas erreichen. Er habe einen Kollegen, der eigentlich für diesen Posten vorgesehen sei, aber der zögere und zögere, bis es zu spät sei. Warum?, fragte ich. Er schiebe seine Familie vor. Seiner Familie sei eine solche Unternehmung nicht zuzumuten. Schlecht für die Familie, sagte er. Gut, dass du keine Familie hast, konterte ich. Ja, sagte der Mann. Das stimmt. Er hätte jetzt dankbar aussehen können, nachdrücklich erleichtert, aber er schaute dabei in die Luft. Ich wunderte mich, dass ich bei diesem Teil unseres Gesprächs nicht die Stimme gehört hatte. Wie geht es zu in deinem Unternehmen? Halt's Maul. Gut, dass du keine Familie hast. Halt's Maul. Die Stimme hätte verhindert, dass der Visitenkartenbesitzer in dürren Worten Andeutungen machen musste, wie hart die Arbeit am Gewinnen sei, ein einziges Auf und Los und Hopp, auf nach Moskau. Da blieb zwischendurch nur ein winziges bisschen Zeit, um eine Visitenkarte unter den Türschlitz zu schieben, um einen persönlichen Erfolg zu verbuchen. Ich mochte ein Leben, in dem einem ein Mensch plötzlich sagte, er müsse nach Moskau reisen, es war mir lieber als eine Gewissheit bis zum St. Nimmerleinstag. Und doch war ich irritiert. Ich verstand ihn nun besser, aber mich verstand ich nicht mehr.

In der Nacht horchte ich auf die Blätter der Platane, jetzt war es windstill, ich horchte dem Knabenpeitschen nach, aber keine Peitschenschnur schnitt durch die Luft. In der Dunkelheit schlich ich mich in das kleine Zimmer mit dem Diwan, öffnete den blauen Schrank und tastete nach dem Tupfenkleid. Ich hob es aus dem Schrank und hatte den unbezähmbaren Drang, an dem Tupfenkleid zu schnüffeln. Es roch wie alle getragenen Sommerkleider ein wenig nach bitterem Schweiß unter den Achseln. In den Händen fühlte ich die harte Appretur des Stoffes. Ich kenne jetzt die Geschichte des Tupfenkleides oder glaube sie zu kennen. Eines Abends, nachdem wir das kleine Abendessen gegessen hatten, brachte ich die Rede auf den blauen Schrank und seinen Inhalt. Bist du unzufrieden?, fragte der Visitenkartenbesitzer. Brauchst du mehr Platz? Ich war erstaunt, dass er bei seiner konzentrierten Tätigkeit eine gewisse Beunruhigung wahrgenommen hatte. Ich war keinesfalls unzufrieden, im Gegenteil, die Leere des Schrankes zog mich an, ich hätte mir vorstellen können, sie auf ganz unregelmäßige Weise zu füllen, ein im Hafen gelandeter Überseekoffer, ein Korb mit jungen Hunden.

Woher hast du das kleine Tupfenkleid?, fragte ich den Mann. Was für ein Tupfenkleid? Ich schämte mich ein bisschen meiner Aufgeregtheit, ging rasch hoch in das kleine Zimmer, riss den Schrank auf und nahm das Tupfenkleid vom Bügel. Als ich zurückkam, schien mir das Gesicht des Visitenkartenbesitzers wie mit einer Jalousie verschlossen. Ich war mir keiner Schuld bewusst – außer einer vielleicht übertriebenen Neugier. Frag nicht, sagte ich zu mir selbst. Aber ich hatte schon gefragt. (Eine Art von Kontrollverlust.) Und da war auch die Stimme in meinem Ohr. Halt's Maul. Aber weder die offenkundige Unwirschheit des Mannes noch die Stimme hielten mich in diesem Augenblick zurück. Ich war die Treppe hochgestiegen und hatte, als ich wieder herunterkam, ein Kleid über dem Arm, dass mich nichts anging. Ich hatte mehrere Warnsignale übersehen, nun war es auch egal, ich legte das Kleid über eine Stuhllehne und machte vermutlich ein erwartungsvolles Gesicht. Nun rede doch, ich warte! Ich stelle mir jetzt vor, mein Gesichtsausdruck wäre ein entschiedener Widerstand gegen die Stimme gewesen, die Halt's Maul sagte, von der aber der Visitenkartenbesitzer nichts wusste. Nun! Nun war die Atmosphäre vergiftet, der Mann musste mich für eine Schnüfflerin in seinem Schrank, in seinem Vorleben halten, und ich saß da mit erwartungsvoll runden Augen, einem Kaninchenblick, an einem abgegrasten Tisch, den ich abzuräumen versäumt hatte, sagte: Nun!, schon zum wiederholten Mal, und das Kleid rutschte auf der Stuhllehne nach unten, ich hielt einen Träger fest, zog es hoch, als säße es auf einer Puppe. Ich hörte mich selbst Nun! sagen und hörte gleichzeitig Halt's Maul! in meinem Ohr. Es war kein aufrechter Widerstreit zwischen den beiden akustischen Phänomenen, eher hörte es sich an wie bei einem Stereo-Empfang, der nicht richtig ausgepegelt war.

Ja, sagte der Visitenkartenbesitzer, das war zweifellos ein hübsches Kleidchen. Möchtest du es anziehen? Ich war empört, dass er meine zielgerichtete Energie so deutete; es schien mir aber wie eine vollkommen falsche Fährte, ihm daraus einen Vorwurf zu machen. Ich schüttelte nur den Kopf (das aber kräftig) und sagte: Du siehst doch selbst, das Kleid ist mir viel zu klein. Ich hatte währenddessen eine vage Vorstellung, dass die Grausamkeit als eine der ältesten und unerforschlichsten Untergründe hier zum ersten Mal ans Licht kam, aber ich war so peinigend auf die Tupfen fixiert, dass ich keinen klaren Gedanken zu fassen bekam. Halt's Maul. Halt's Maul. Ich nahm mir vor, später etwas auf den Notizblock darüber zu schreiben.

Du weißt doch sicher aus eigener Erfahrung, sagte der Mann nach einer langen Pause mit sanfter Überlegenheit, wie es ist, wenn man verlassen wird. Man verrennt sich in einem Wortgetümmel, versucht, etwas festzuhalten, und am Ende hat man einen Fetzen in der Hand. Oder ein Tupfenkleid, wie du es zu benennen beliebst. Der Mann lehnte sich zurück; nichts kam mehr über seine Lippen. Und ich hörte endlich auf die Stimme in meinem Ohr. Das Bekenntnis, das ich dem Mann abgepresst hatte, war bescheiden genug. Aber es war auch nur gerechtfertigt, vor mir nicht ein Leid auszubreiten, das ihm einmal früher, lange vor meiner Zeit (bei diesem Ausdruck ertappte ich mich schon), jemand angetan hatte. Jetzt, da ich selbst schwieg, fand ich sein Schweigen nobel.

Später, als ich schon in meinen eigenen Gedanken versunken war, schreckte der Mann mich noch einmal ganz gegen seine Gewohnheit auf: Hast du es denn nicht kapiert? Die von dir so genannten Tupfen auf dem Kleid sind Blutflecken. Die Frau, die das damals weiße Sommerkleid trug, fuchtelte mit einer Pistole vor mir herum, angeblich, um mich aus meiner Reserve zu locken. Ich war in keiner Reserve, ich beobachtete den nächtlichen Gasmarkt und hatte anderntags darauf zu reagieren, ich schaute auf meinen Bildschirm, wie andere nachts den Sternenhimmel beobachten oder sich in die Sommersprossen auf einem Rücken versenken. Sie fuchtelte, schrie, demütigte mich, ich sah ein Unglück kommen, entriss ihr die Pistole, von der ich nicht genau wusste, wie sie in ihren Besitz gekommen war, aber sie war viel allein in diesem Haus, wie du jetzt auch viel allein bist, wofür ich mich entschuldige. Sie wehrte sich, ein Schuss löste sich, sie schrie, kreischte: Mörder, Mörder, was in dieser Situation ziemlich lächerlich war. Die ganze Aufgeregtheit war lächerlich. Ich bewahrte die Nerven, rief einen Krankenwagen und die Polizei in eigener Sache, ich war nüchtern, und sie hatte sich den ganzen Abend lang aus meinem Weinkeller bedient. Es war eindeutig ein Unfall. Sie kam nicht mehr in mein Haus zurück, als sie aus dem Krankenhaus entlassen wurde, und das Kleid blieb hängen. Ich dachte, sagte er, und die Jalousien über seinen Augen waren eindeutig hochgezogen, eine solche Verrücktheit spielte keine Rolle.

Später, als er mir meine Kette ausgezogen hatte und schmeichelnd an meiner Wange vorbeistreifen ließ, kam mir in den Sinn, es beruhige den Mann wohl, dass er die Waffe gewählt hatte, meine Silberkette; ich würde nicht auf ihn schießen. Alles zwischen uns war Übereinkunft geworden. Er war leise und bat nicht. Ich war leise und machte keine ungehörigen Angebote. Er versprach nichts, und ich musste auf kein Versprechen hoffen. Ich schlug auf ihn ein mit einer für mich selbst befremdlichen Gewalt, die nicht aus mir kam, doch war ich ganz durchlässig für sie, wie ich auch durchlässig war für die betrunken herumfuchtelnde, zierliche Frau, die weggegangen war, ihr Weggehen war mir sympathisch, und ich würde auch eines Tages weggehen, so war die Regel, der Mann würde mir genügend Grund geben wegzugehen, deshalb schlug ich ihn, deshalb öffnete er sich dem Schmerz, den ich ihm zufügte. Der Schmerz, den er fühlte, war ein Garant meiner Beschämung, ich weinte schließlich. Ich fühlte mich als Teil einer unendlichen

Disziplin, der ich unterworfen war, die ich ausübte, einer Mikro-Justiz. Ich war ein gelehriger Körper, der ins Lehrfach übergewechselt war. Was hast du?, fragte der Mann. Ich behauptete, meine Hand tue mir weh. Aber das war es nicht. Die Unerbittlichkeit des Verfallenseins aneinander tat mir weh. Ich sah die roten Striemen auf seiner Haut, auch die vom letzten Mal waren noch nicht verheilt, ich verabschiedete mich flüchtig und blieb eine Stunde in dem kleinen Zimmer auf dem Diwan, bis er schlafen gegangen war. Ich fürchtete, es gäbe ein Opfer, das ich der Erkenntnis bringen musste, vielleicht ein vollkommenes Schweigen oder eine vollkommene Entgrenzung. Vielleicht ersparte mir der Mann auch das Opfer.

Immer, wenn die Gelegenheit zum Wehren grundsätzlich verpasst worden ist, erheben sich öffentlich Stimmen, die klagend und gleichzeitig achselzuckend bekunden: Was hätten wir denn tun können? Was wäre geschehen, hätten wir entschiedenen Widerstand geleistet? Die Stimmen klingen zweifellos vernünftig. Vermutlich, sagen sie, wäre unser Opfer so beklagenswert wie sinnlos geworden. Oder es hätte uns gar den Kopf gekostet, in den jetzt immerhin nur eine quälende Belästigung hineintrompetet. Es könnte schlimmer sein, es könnte schlimmer gekommen sein, später, meinen diese chorischen Stimmen, und es gibt keinen Grund, ihnen entschieden zu widersprechen, wie der Stimme im Ohr nicht widersprochen worden ist. Auf Dauer, das muß gesagt werden, gibt es wohl ein entschiedenes Defizit an Widerspruch, und so gleicht es allen anderen Defiziten, die zitternd und sorgenvoll empfunden werden. Ich wollte mich, hellwach auf dem Diwan, nicht mit diesen beruhigenden oder gar verschlafenen Stimmen gemein machen, meine Lethargie kam mir selbst gemein vor. Das Opfer hat kein Gedächtnis für den Akt seiner Unterwerfung. Es verliert sich im Unterworfen-Sein. Ich wusste das, während ich auf dem Diwan lagerte, noch nicht so genau. Und ich weiß es jetzt, während ich schreibe, nicht besser.

Nun habe ich doch wieder von der Stimme in meinem Ohr gesprochen, obwohl dies nicht meine Absicht war. Man spricht davon, dass niemand sich sein Thema aussuche, wenn er denn eines hat. Man spricht davon, dass das Schreiben etwas Überwältigendes ist, das den Schreibenden ergreift und nicht loslässt, doch dann höre ich nicht zu. Theorien nutzen mir in dieser Lage nichts. Ich will nicht ergriffen und festgehalten werden. Mein Verstand sagt mir, dass unter einer solchen Einschnürung des Denkens, Sprechens und Handelns nichts Menschenwürdiges zustande kommt, nicht eine winzige Geste. Ich möchte nicht einmal den dunklen Prozess aufhellen, in dem die Stimme zu mir gekommen ist und beharrlich geblieben ist. Das ist zu langwierig und auch zu bitter. Es hieße, der Stimme neben mir eine solche Wichtigkeit zuzumessen, die sie in Wirklichkeit nicht hat. Ich korrigiere: die sie in Wirklichkeit nicht haben sollte. Im Grunde genommen möchte ich nur einen Bericht geben, eine Zeugenaussage, ob verwendbar oder nicht. Ich grübele, wer für einen Fall wie meinen zuständig wäre, ein Gerichtshof oder eine Menschenrechtsorganisation. Doch vermutlich kann ich nicht gleichzeitig eine Klage anstrengen und mich als einzige Zeugin benennen, die Stimme in meinem Ohr ist ja kein Unrecht, das mir widerfährt, eher eine Einmischung, eine Einschüchterung, die in allen Sprechakten, zu denen ich das Schreiben zählen muss, auch ihre Wirkung zeigt und deren Wirkung ich wohl oder übel bezeuge. Ich schreibe also, das muss ich zugeben, unter Einfluss einer Stimme, die Halt's Maul in mein Ohr sagt. Ich schreibe also, weil es leichter ist, unter Einfluss dieser Stimme zu schreiben, als den Mund aufzumachen. Vielleicht ist, da ich diesen Einfluss zugeben muss, mein Zeugnis nicht brauchbar, für nichts und niemanden. Trotzdem schreibe ich. Halt's Maul.

Es gibt Menschen, die sprechen bekennerisch von der Stimme der Vernunft. Sie behaupten, diese sei in der Welt, und sie gäben sich redlich Mühe, sie wirklich und wahrhaftig zu hören, manchmal jedenfalls. Oder ein geschulter Verstand, der nicht der ihrige ist, o nein, dass gewiss nicht, gäbe der Vernunft Sitz und Stimme in einem Parlament ungezügelter Ideen und Vorstellungen. Das sind nicht die Menschen, die die Stimme der Vernunft wirklich und wahrhaftig zu hören vermeinen beim Zähneputzen oder beim Einsteigen in die U-Bahn oder wenn sie den Hund kraulen. Die Stimme der Vernunft muss eine überaus große Überzeugungskraft haben, denn wer von ihr spricht, erwähnt sie wie eine Respekt erheischende Gestalt, die zwar Widerspruch duldet im Gegensatz zu der Stimme, die mir ins Ohr plärrt, die aber Begriffe und Gesetze zu einem in sich abgeschlossenen, systematisch geordneten Ganzen verknüpft. Mit einem einzigen Räuspern verweist die Stimme der Vernunft auf die Ordnung der Dinge, die leicht aus den Fugen gerät. Jedenfalls scheint es mir so. Wer die Stimme der Vernunft zu hören vermeint, muss sich leise eingestehen, dass sein Plan, seine Wünsche und Absichten vielleicht auf dürftigem Grund gebaut sind. Luftschlösser, verbissene Selbstherrlichkeiten mit Türmchen und Erkern bewehrt. Nie habe ich jemanden von der Stimme der Vernunft sprechen hören, der nicht gleichsam eine innere Verbeugung machte, während er von ihr sprach, als habe er da einen guten Hausgott, den er freilich aus Unachtsamkeit, Rechthaberei, ja auch aus purer Blödheit, das wird freimütig zugegeben, nicht immer achte, dem aber im Zweifelsfall, wenn die Stimme selbstherrlich zum Schweigen gebracht worden ist, Abbitte geleistet werde. So vielleicht: Ach, hätte ich doch auf die Stimme der Vernunft gehört. Ich könnte mich ohrfeigen, dass ich nicht. Ich muss verblendet gewesen sein, dass ich nicht. Es gibt Zeiten, Orte, Täler, Landesteile, in denen hört niemand die Stimme der Vernunft. Nicht einmal die Bezeichnung für sie ist geläufig. An ihre Stelle ist ein Blöken und Belfern getreten, ein Trotten, Mit-den-Füßen-Scharren, Blähen, Geräusche der Verdauung, die keine nennenswerten Namen haben, man müsste sie denn lautmalerisch erfinden oder sich strikt in die harte Schale eines Fachwörterbuches zurückziehen. Es muss eine dramatische Tröstung in diesen Geräuschen sein. Zu anderen Zeiten wird die Stimme lautstark totgeredet mit zusammengerührten Gewissheiten, aus denen sich jeder seine Brocken herausfischen kann. Dass in Menschengruppen, Menschenmassen, Zusammenballungen und Zusammenrottungen die Stimme der Vernunft nicht hörbar ist oder sich nur mühsam Gehör schafft, dazu kann eine Person, neben der sich immer, wenn sie den Mund aufmacht, eine Stimme erhebt, die Halt's Maul ruft, nichts sagen.

Nie habe ich die Gelegenheit ergriffen, die Stimme, die ich höre, mit der Stimme der Vernunft, die ich kenne, bekannt zu machen, vielleicht hätten sie sich vertragen. Vielleicht hätte sich auch die Stimme in meinem Ohr einfach verflüchtigt. Logischer wäre es allerdings, die eine und die andere Stimme hätten gar nicht aufeinander gehört, und ich stände da mit dem freundlich gemeinten Vermittlungsakt, als hätte ich in Wirklichkeit das Hornberger Schießen organisiert. So häufig ist mir über den Mund gefahren worden, dass mir die Lippen rau und spröde wie vom Seewind geworden sind.

Wieder hatte ich mich tagsüber auf den Diwan gekauert, das Tupfenkleid auf das Fußende gelegt, auf meine Notizblöcke. Ich nahm den Faden wieder auf, der nass geworden ist auf meiner Schiffsreise. Und las, was ich am Nachmittag geschrieben hatte: Wind spielte in den vom Monsun fetten Blättern der Palmen und Tamarinden, die Regenzeit tröpfelte langsam aus, und nur von fern dröhnte der Knattergang dürftiger Fahrzeuge. Das war eine

Schönung, mit der ich jetzt in der Nacht unzufrieden war. Ich versuchte es noch einmal mit einem anderen Verb: Wind peitschte die vom Monsun fetten Blätter der Palmen und Tamarinden. Aber das war es auch nicht. Das Peitschenschnalzen war gleich hier, einen Straßenzug weiter, gewesen; es ließ sich nicht übertragen auf eine Situation meiner Reise. Ich dachte an die harten, kleinen, schütteren, dem dürftigen Boden trotzenden Palmen, die ich auf der Reise gesehen hatte. In ihren Blättern hingen von der Sonne ausgebleichte Plastiktüten, aus denen der Abfall herausgeweht war. Ich mochte die Palmen nicht. Es war unbequem, auf dem Diwan stundenlang zu kauern, der Rücken schmerzte. Aber ich wollte nicht in das gemeinsame Bett zurück. Vielleicht hatten wir heute zu viel gesprochen, vielleicht war zu viel plötzliche Intimität zwischen uns durch das Sprechen, vielleicht hatte ich zu viele Fragen gestellt, die nicht zu beantworten waren.

Einige Tage später fuhr der Mann wirklich nach Moskau. Vermutlich musste er auch noch nach Usbekistan für einige Tage, das war jetzt noch nicht abzusehen. Er küsste mich zum Abschied, sagte: Pass auf das Haus auf, und vergiss nicht, die Pflanzen zu gießen. Ich ruf dich natürlich am Abend an. Da war er schon im Taxi verschwunden. Ich stand auf dem Balkon, winkte noch ein bisschen, wedelte mit der Hand in der Luft, bis es mir selbst sinnlos erschien. Die Pflanzen brauchten heute keine Pflege; ich hatte erst am Vortag die welken Blätter abgezupft. Jetzt war ich vollkommen allein, so allein, dass ich nicht wusste, ob es schmerzte oder wohltat. Ich bin jetzt vollkommen allein, sagte ich zu mir selbst. Das war wieder die Stimme in meinem Ohr. Halt's Maul. Ich erschrak ein wenig, denn ich hatte in der letzten Zeit keine Logik dabei herausfinden können, wann die Stimme auftauchte und wann sie verschwand. Als sie mir regelmäßig, bei jedem Satz, den ich aussprach, aufs Gehör klatschte, war sie kalkulierbar gewesen. Ich konnte meine Sätze so dosieren, dass ich der Stimme auswich, ihr keine Möglichkeit des Eingreifens und mir keine Chance zum Ergriffenwerden einräumte. Nun war ich beschämt, dass ein so überflüssiger Satz, den ich unbedacht vor mich hingesprochen hatte, die Stimme auf den Plan gerufen hatte. Plötzlich begann im Nachbarhaus ein Bohrer zu dröhnen, röhrte und rumpelte und ließ das Fensterglas und die Teetasse erzittern. Er schob sich so nah durch die Wand, dass ich fürchtete, die Spitze des Bohrers wäre gleich zu sehen, ein ungewohnter, unerwünschter Gruß aus der Nachbarschaft. Ich verließ fluchtartig das Haus, kaufte ein paar Lebensmittel ein, nickte der Kassiererin an der Kasse nur ein Dankeschön zu, als sie mir das Wechselgeld herausgab, und verstaute alles grußlos in einer Tüte. Die Stimme erregte sich nicht und ich auch nicht. So vergingen mehrere glanzlose Tage. Ich hatte mich an das schweigsame Alleinsein gewöhnt. Am Abend rief manchmal der Visitenkartenbesitzer an, der auch Hausbesitzer war; ich war ihm jetzt dankbar, dass ich in seinem Haus sein konnte, zupfte und zwirbelte an den Blättern der Pflanzen, und wirklich, sie schienen unter meiner Obhut zu gedeihen. Auch den Welpen, die ich auf dem Schiff gehütet hatte, mit denen ich den Rhythmus des Schaukelns und Geschaukeltwerdens teilte, war es gut gegangen. Ihr Schlucken, Schnaufen und Schmatzen, ihr ganzes zusammengekugeltes Wohlbefinden in einem einzigen Wurf hatte mir Freude gemacht. Manchmal nieste einer der Hunde in der Nacht, ich nahm es im Halbschlaf wahr. Hätte ich die Welpen behalten können, vermutlich wäre ich nicht auf den Gedanken gekommen, am Fußende des Bettes Notizblöcke zu stapeln und nach und nach mit Schriftzeichen zu versehen, die ich manchmal am nächsten Tag selbst nicht mehr entziffern konnte.

Wenn der Mann abends anrief, sagte er, alles laufe bestens, es werde zwar hart verhandelt, das müsse sein, er müsse auf seinen Vorgaben beharren, ob die Russen das wollten oder nicht. Und ich sagte am Telefon, es freue mich, dass er angerufen habe. Und weiter: Ich kann auch nicht klagen. Das stimmte. Er sagte auch, dass es kälter sei in Moskau. Natürlich, das war zu erwarten. Ich sagte es dem Mann, natürlich, sagte er, was war sonst zu erwarten. Wir lachten über das Einverständnis, sonst war nicht viel zu sagen. Ich gab ihm die hiesige Temperatur durch. Zum Abschied sagte er, er rufe bald wieder an. Und verliere deine silberne Kette nicht. Nein, die Kette hüte ich. Bis der Visitenkartenbesitzer wiederkommt, sagte ich zu mir selbst nach dem Auflegen des Hörers. Keine Stimme sagte: Halt's Maul.

Es war gut so in der Stille, kein Davonstürzen, keine Fußspuren zwischen den abgeplatzten Platanenrinden, keine Gänge auf die Straße hinaus, vielleicht bis zum Gemeindehaus, das auch dunkel war. War denn wieder Donnerstag gewesen, würde das entsetzliche Geräusch wieder zu hören sein? Wieder und wieder das Klatschen auf dem nackten Fleisch, bis du eines Tages zwischen den Hieben den Schrei entdeckst. Du identifizierst dich mit dem Schrei, mit dem kraftlosen Flehen um Aufmerksamkeit, um Gnade. Aber du weißt nicht genau, was Gnade ist. Du hast noch keine Gnade erlebt. Du möchtest ihr die Ehre erweisen (vielleicht die letzte), Gnade, Gnade, es muss ein Winseln sein wie von jungen Hunden, aber machtvoller, du hast es noch nicht gehört, aber du kannst es dir vorstellen mit seiner schmerzhaft vibrierenden Gewalt. In den Laboren, in denen versuchsweise die Elektroschocks ausgeteilt worden waren von gehorsamen Versuchspersonen, wird der Schrei hörbar gewesen sein. Der gleiche Schrei.

Ich legte ein weißes Bettuch auf den lodengrünen Diwan, so sah er eher aus wie eine Bahre, aber das störte mich nicht. Als Kind hatte ich ein weißes Taschentuch über den Tisch der Puppenküche gebreitet und eine der kleinen Puppen, von denen ich eine ganze Orgelpfeifenserie besaß, auf den Tisch gelegt. Ich spielte, dass sie gestorben war. Dies war ein Spiel, das äußerste Verborgenheit verlangte, ein Spiel, das kein anderes Kind, viel weniger die Eltern, anging, mir war es bewusst. Es forderte das scharfe Kalkül, eine unbeaufsichtigte Zeit ausfindig zu machen, niemand durfte ins Zimmer treten und fragen: Was machst du da? Wäre ein anderes Kind, eines meiner vielen Geschwister, trotz aller Vorsichtsmaßnahmen ins Zimmer gekommen, ich hätte schützend die Arme über die gestorbene, aufgebahrte, in ihrem Hemd armselig steif daliegende Puppe gebreitet. Was machst du da? Das geht dich gar nichts an. Meine Zeitwahl war geschickt, kein einziges Mal bin ich bei der Totenfeier für eine Puppe gestört worden (sterben mussten sie alle einmal), so hatte ich Gelegenheit, die anderen Puppen um den Totentisch zu versammeln. Ich setzte sie auf den Boden, bittend streckten sie ihre steifen Arme in die Höhe, dann begann ich zu singen, sang, was sie hätten singen müssen, die lang andauernde Totenklage. Alles war dunkel und getragen, ich zog die Töne, ein schleppender Gesang, er hatte keine Worte – unter Verzicht auf jede Täuschung. Ich war die Herrin eines düsteren Schauspiels, von dem ich nicht einmal annahm, dass ich es erfunden hatte. Meine Stimme brach, brach, brach im Klagegesang, jedes Mal von neuem. Mein Singen war schauerlich, ich wusste es, aber so musste es sein. Durch die Lücken des Gesangs glotzten die blauäugigen Puppen.

Als ich den Diwan mit dem Betttuch bedeckt hatte, verging mir die Lust, weiter auf ihm zu lagern. Ich beschrieb einige der frisch gedruckten Visitenkarten mit einem kleinen Gruß – Ihre neue Nachbarin – und suchte mir in dem Ort die Häuser aus, deren Blumenschmuck und Gardinen an den Fenstern mir gefielen. An einigen Briefkästen stand auch *Bitte keine Werbung einwerfen!*, sogar an den meisten. Ich war mir nicht sicher, ob ich für etwas werben wollte. Jedenfalls fühlte ich mich eingeschüchtert, warf die Karte seltener ein, als ich es geplant hatte. Ich hörte ein kleines Plopp, wenn sie auf den Grund des Briefkastens fiel. Plopp, das war ein besseres Geräusch als das Knallen, das Dröhnen, das Zischen in meinem Ohr, der Schlag auf das Trommelfell. Halt's Maul. Das nüchterne Fallen, der Schwerkraft folgend, gegen den Aufprall, die Scham. Wie soll man an Geräusche *glauben*, wenn man von ihnen überwältigt wird? Ich ging dann im Haus herum, auf bestürzende Weise beschäftigungslos. Die fremde Katze kam in den Hof, mit aufgestellten Ohren nahm sie eine Witterung auf. Als ich sie zu mir locken wollte, scheute sie und verschwand im Gebüsch. Ich sah Jungen mit überweiten Hosen die Straße entlangkommen, alle trugen Kappen und beschriftete Hemden, wie in einer Mannschaft. Manche hatten Kopfhörer unter der Kappe stecken, jeder vertieft in seine eigene Musik. Ich stellte mir Striemen auf ihren Rücken vor und schämte mich meiner Vorstellungskraft. Ich hörte ihr Hecheln, den flachen Atem, das Verbissensein in den Schmerz. Ihre behauptete Heldenhaftigkeit: Sie zeigten beim Baden und Duschen ihren jüngeren Geschwistern nicht mehr ihren Körper. Dem Zugriff der Eltern hatten sie sich noch entzogen. Gepeitscht zu werden, so etwa hatte der Mann es an jenem späten Donnerstagabend vor dem Zubettgehen erklärt, sei in diesem Ort ein erster Schritt zur Mannbarkeit. Der gepeitschte Körper sei der erste unveräußerliche Besitz. Die Kopfhörer hatten die Jungen sich noch vom Taschengeld gekauft, sie konnten an die jüngeren

Kinder weiterverscherbelt werden, wenn ein besseres Modell sie lockte. Der gepeitschte Körper gehörte ihnen allein. Darüber wurde nicht weiter gesprochen. Und ich hatte es mir nicht gleich notiert. Ich überlegte, ob der Mann in diesen Ort gezogen war, weil er von dem Brauch des Knabenpeitschens wusste. Irritiert von dem ungewohnten Geräusch, hatte ich nicht darauf geachtet, wie er es aufnahm. Erregte es ihn, oder hielt er seine Verstörung eher nieder? Meine mangelnde Aufmerksamkeit, mein Beharren auf meinem Gefühl war ein Fehler. Jedenfalls war er gelassener als ich, sonst hätte er mir den Brauch nicht erklärt. Dass er hier aufgewachsen war, als kleinerer Junge geschlagen worden war, um als größerer Junge das Recht zum Peitschen zu haben, glaubte ich nicht. Er hätte dann nicht diesen eindringlichen, flehenden Blick. Oder deutlicher: in diesem Falle hätte er nicht geschlagen werden, sondern selbst schlagen wollen. So stellte ich es mir in seiner Abwesenheit vor. In unseren Telefonaten wollte ich eine solche schwierige Frage nicht stellen, sie auf dem Balkon an jenem Donnerstag, leicht schwatzhaft und beschwingt vom Wein, zu stellen, hatte ich unwiderruflich versäumt.

Am Nachmittag, zu einer ganz ungewohnten Zeit, schnurrte das Telefon. Eine Frauenstimme meldete sich, eine girrende, zum Kichern aufgelegte Frauenstimme. Sie sagte, meine Karte in ihrem Briefkasten sei ihr gerade recht gekommen. Ob ich ein Schreibwarengeschäft in der Nähe aufmachen wolle, denn das fehle tatsächlich. Es gebe alle möglichen Lebensmittelläden, eine Reinigung, auch die große Konzerthalle schmücke den Ort, aber Schreibwaren fehlten, die Lücken seien katastrophal, Schreibwaren gehörten doch auch zur Lebensqualität. Sie zählte Geschenkpapier auf, schöne Bänder dazu, nannte Kunstpostkarten und all den Kleinkram für die Schule und das Büro. Im Nu hatte sie mir ein Konzept für ein solches Geschäft aus dem Boden gestampft. Weil sie das Geschenkpapier an erster Stelle erwähnte, fiel mir ein, dass ich sehr lange niemandem mehr etwas geschenkt hatte. Ich antwortete ihr, dass ich noch keine bestimmten Pläne hätte, dass ich das Terrain sondierte. Aber es wäre wirklich gut, insistierte die Frau. Sie sagte auch, sie sei Lehrerin, sie unterrichte Deutsch für Ausländer, sie müsse viele rote Striche an den Rand der Übungsblätter machen, dabei sei ihr die rote Tinte ausgegangen. Ob ich, im Schreibwarengeschäft oder nicht, rote Tinte hätte? Ich hatte keine rote Tinte, aber das störte die Lehrerin nicht so sehr. Es schien mir, dass sie eher neugierig auf die neue Nachbarin war. Ich war lange genug in meinen asiatischen Slippern im Haus herumgegangen, so verabredeten wir uns. Ihr Haus war voller Bilderrähmchen, die Bilder so klein, dass man unhöflich nahe davor stehenbleiben musste, um sie zu betrachten. Vielleicht sollte man sie gar nicht so genau ansehen. Goldbronzierte Rähmchen, geschnitzte Rahmen aus dunklem Holz und helle, strenge Fichtenholzrähmchen, die noch auf das Objekt warteten, das zu rahmen war. Auch das helle, flache Gesicht der Lehrerin war gerahmt von roten Löckchen, die sich in der Stirn und vor den

Ohren ringelten. Sie pustete sie aus der Stirn und raffte einen Packen Übungsblätter beiseite. Wissen Sie, warum es Hunde und nicht Hünde heißt?, fragte sie. Die meisten meiner Schüler schreiben Hünde. Ich sage immer wieder: Hund, Hunde, Blatt, Blätter, Knabe, Knaben, Hut, Hüte, Bock, Böcke, sie müssen es doch lernen. Das Leben ist eine Unregelmäßigkeit, sage ich ihnen. Das verstehen sie natürlich nicht. Warum, was ist die Regel?, fragen sie. Wir wollen sie ja verstehen. Die koreanischen Schülerinnen wollen immer die Regeln wissen, die Kurden und die Russen nicht. Sie schreiben die Pluralformen eifrig und gottergeben in ihr Heft. Wenn ich sie danach frage, haben sie sie wieder vergessen. Wissen Sie, warum es nicht Hünde heißt?, fragte sie mich wieder. Natürlich wusste ich es auch nicht, aber es brachte mich zum Lachen. Die Lehrerin spiegelte sich in meinem Lachen, stupste mich mit dem Finger an und rief wieder: Hünde, Hünde, und warf den Kopf in den Nacken. Ich hatte es mir nicht so lustig vorgestellt, Deutsch zu lehren, umso besser. Ihre Löckchen wippten. Vielleicht hatten ihre Schüler ja recht, und die Sprache hat unrecht. Man versteht jedenfalls, was sie meinen, antwortete ich. Und was machen Ihre Schreibwaren? Ich war auf der Hut und sagte, ich hüte nur das Haus eines ihrer Nachbarn. Sie kannte den Namen des Visitenkartenbesitzers, wusste auch, dass er häufig verreist war, vielleicht hatte sie dann ein Auge auf das leerstehende Haus. Vielleicht wunderte sie sich auch über meinen auf der Karte angegebenen Namen. Also, musste sie annehmen, war ich seine neue Frau oder eine

Verwandte. Beide Vermutungen waren mir unangenehm, aber ich hatte sie nun mal provoziert. Ich lenkte die Lehrerin ab, indem ich auf die Bilderrahmen zeigte: Schöne Rahmen machen einen so sicher. Man muss nur noch die richtigen Inhalte finden, sagte sie. Bei manchen dauert das jahrelang, manche bleiben wohl immer leer. Dieser da zum Beispiel, den mir mein Mann zum zehnten Hochzeitstag geschenkt hat. Sie zeigte auf einen geschnörkelten dunklen Rahmen, der etwa hundert Jahre alt sein musste, einen Urgroßmutterrahmen. Als mein Mann mich verließ, wusste ich nicht, was ich noch in den Rahmen stecken sollte. So blieb er leer, ich bin wurstig geworden gegenüber der Leere.

Ich wusste nicht genau, was ich sagen sollte und flüchtete mich in den Satz: Das ist vielleicht auch besser so. Jetzt kam mir die Leere in den meisten Rahmen höchst sinnvoll vor, ich kannte zwar den Sinn nicht, aber die Leere war besser als jedes gedachte Bild. Ich starrte die Wand an und die weißen Flächen, manche so groß wie ein Handteller, manche so groß wie ein Essteller, manche gerade so groß wie zwei Buchseiten oder das Bullauge eines Schiffes, die Flächen starrten zurück. Die meisten Bilder, so glaubte ich die Lehrerin trösten zu müssen, sind ohnehin keine Überraschung mehr. Wo Sie recht haben, haben Sie recht, sagte sie.

Ich hatte mir auf meinem Diwan keine Notizen über diesen Besuch gemacht. In dieser Zeit hatte ich keine Vorstellung, dass aus meinen Notizblöcken, meinen vorgestellten Schreibwaren einmal etwas Zusammenhängendes entstehen würde, und noch jetzt glaube ich nicht daran. Als ich mich später verabschiedete, schienen wir fast Freundinnen geworden zu sein. Jedenfalls hatten wir einen gutnachbarschaftlichen Kontakt begründet. Macht nichts, dass Sie auch keine rote Tinte haben. Sie legte mir eine Hand auf den Arm und schüttelte ihre Löckchen, ich korrigiere eben mit einem grünen Buntstift weiter. Bei diesen Fehlern, die meine Klasse macht, ist es auch egal, sagte sie zum Abschied.

Die Zeit, die ich im Überfluss hatte, war stehengeblieben, als ich die Tür hinter mir schloss. Da ist die Stimme wieder gekommen, sie kam mit einer solchen Macht, hinterhältig war sie über mich gekommen, orgelte, röhrte und ratterte in meinem Kopf, ein Stimmgewitter sondergleichen, ein Platzregen, ein tosender Wasserfall in meinem Ohr. Nicht mehr das drohende Halt's Maul, jetzt waren es Sätze und Anrufungen und Angriffe, die ich mich weigere niederzuschreiben: Man wird nur unglücklich, wenn man sie hört und liest, und fürchtet, nicht ohne Grund ihr Opfer geworden zu sein. Es fehlte der innere Raum, in den sich die Verletztheit wie ein harter Kern hätte zurückziehen können. Alles war mit einer Vernichtungsenergie angefüllt, ein Krieg im Ohr, eine feindliche Übernahme, Krieg, der durch das Ohr in die noch unbesetzten Gebiete des Gehirns drang. Es ist leicht, sich in einem solchen Augenblick zusammenzuziehen, sich zu krümmen in eine ausgedachte Kreatürlichkeit, als wäre das Angegriffene, das Aufgestörte in der eigenen Person ein molluskenhaftes Wesen, schleimig, unverständig, das nur zurück in die Schneckenhöhle, in die Dunkelheit eines niederen Seins zurückkehren müsse. Und schon hörte die Empfindlichkeit gegen den Schmerz auf. Aber der Schmerz war nicht außen, er war nicht der Feind, du selbst bist dir feind geworden, du verhinderst, dass eine Kontinuität besteht zwischen dem Geschmetter und dem Geraune, du kannst das Geräuschgeröll nicht wegräumen, es ist eine Art negativer Schwingung, du schwingst selbst im unvermuteten Einklang mit ihm, du weißt es, du wunderst dich, dass die Lehrerin, die du besucht hast, nicht aus dem Rahmen fallen will, in ihrer kleinen Not, keine rote Tinte beschaffen zu können, hast du ihr nicht beistehen können, und wenn du deine eigenen Bewegungen verfolgst, die Orientierung der Verständigkeit, die du des Festhaltens für wert hältst, dann weißt du nicht, ob es sich lohnt, dem Schmerz standzuhalten.

Schmerzhaft war nicht der Schmerz, schmerzhaft war die Widerstandslosigkeit gegen ihn. Es fehlte die Tinte, mit der die Beschimpfungen ausgestrichen werden konnten. Es fehlte die Sicherheit, Stopp sagen zu können. Zum ersten Mal benutzte ich das Wort *Terror*, es kam mir stark vor, ich benutzte es, weil ich mich schwach fühlte, geschwächt, gedemütigt. Es war jetzt angenehm, sich schwach zu fühlen, gegen die Munterkeit der Lehrerin; ich begriff, dass der Terror, jeder Terror, vereinzelt. In der Schulklasse der tüchtigen Lehrerin sitzen die lernwilligen Erwachsenen, und jeden Tag füllen sie sich mit einer Sprache an, die ihnen nützlich ist bei den täglichen Handhabungen. Ich muss mal verschwinden. Ach, du meine Güte. (Klingt sehr idiomatisch.) Nehmen Sie Ihren Hund an die Leine. Ich möchte mich um eine Arbeitsstelle in einem Hutladen bewerben. Halt's Maul. Willst du etwas aufs Maul? Täglich wuchs die Sprechsicherheit, war weniger koreanisch, nur noch dreiviertelrussisch. Von einem solchen Wunder träumte ich, ein Wunder, an das ich nicht glaubte. Die Strategie der Schweigsamkeit war gescheitert. Meine Sprechfähigkeit nahm ab. Ich hätte mich der Stimme, die Halt's Maul gesagt hatte, entgegenwerfen müssen mit Gebrüll, Grobheit mit Grobheit erwidern müssen, dem Verfall nicht verfallen, aber dafür war es nun zu spät. Viel zu spät. Es gab keine Nüchternheit mehr dem Schmerz gegenüber, keine Unbefangenheit. Terror, Terror, aber der Schrecken blieb aus. Der Terror war eine kalte Empfindung.

Die guten Leute draußen, die Fernseh-Ansager, die ich mir ins Zimmer holte mittels der Fernbedienung, sie lächelten mit ihren weißen Zähnen und ihrem fernsehgerechten Blick über den Tumult hinweg. Sie sagten Filme an, in denen Panoramawüsten, vollgestellt mit Kakteen und malerischen Felsnasen, von dem Dröhnen ablenkten. Es war aber da, blieb mit einer solchen Unerbittlichkeit, dass nichts außer ihm war. Eine Attacke, mit scharfen, weißen Zähnen aus dem diesigen Bildhintergrund in den hellen Vordergrund geritten. In früheren Zeiten hätte man ein solches Dröhnen vermutlich als einen Höllenlärm bezeichnet, aber jetzt, jetzt, es gab vielleicht noch einen Widerhall dieses Wortes in einem leeren Raum, der jede mögliche Füllung ansaugte, sie verstopfte mit abgelegten Ideen und hirnverbrannten Vorstellungen, und zurück blieb die unerschütterliche Gewissheit des Grellen, Nicht-Abstellbaren. Anders als der Fernseher.

Du bist in einen Bus gestiegen, in dem eine laute, banale Musik plärrt. Du bittest den Fahrer, die Musik leiser zu stellen oder auf sie zu verzichten. Der Fahrer zuckt die Schultern. Dann füllt sich der Bus mit Fahrgästen, die meisten tragen große Plastiktüten mit sich und sind befriedigt von ihren voluminösen Einkäufen. Niemand außer dir scheint an der Musik Anstoß zu nehmen, du, die Person, die darunter leidet, du bist der Anstoß. Du möchtest nicht der Anstoß gewesen sein, sondern in angenehmer Erinnerung bleiben oder in überhaupt keiner. Schön ist es in diesem peinlichen Augenblick, sich etwas sehr Leises vorzustellen. Das Anspringen des Kühlschranks nach einer Ruhepause, ein gemütliches Brummen, diese Vorstellung braucht aber die allergrößte Konzentration und ist doch nur Ablenkung. Du verlierst die Konzentration der Schmerzabwehr, indem du dich in die Ablenkung des Schmerzes versenkst, du hast unklug gehandelt, wieder einmal. Obwohl du weißt, dass es nicht hilft, schweigst du. Obwohl du erfahren musstest, dass auch das Reden nicht geholfen hat.

4
DIE VERFLÜCHTIGUNG

An welchem Punkt haben sich Reden und Erzählen voneinander getrennt? Es muss vor langer Zeit gewesen sein, als die Münder noch stillhielten, still geschlossen einen ganzen Abend lang aushielten mit geschürzten Lippen, aber die Füße wippten unter dem Tisch, rieben sich aneinander in versteckter Nervosität, gaben Gas, das allmächtige Gas, das sie auf der Überholspur des Lebens für nötig erachteten. Dann ermatteten sie, die Fußgelenke wurden in ergebener Langeweile gedreht, sie knackten, doch die Münder blieben stumm, begannen zu gähnen, exakt zur gewohnten Zeit der Nachtruhe. Ererbte Uhren wurden aufgezogen, ein unergründlicher Erzählstoff. Es muss eine längst vergangene Zeit gegeben haben, bevor sich Reden und Erzählen wie die Blätter einer Schere gespreizt haben. Beim Lesen erscheint es mir manchmal so, als wäre mit den Ellenbogen, mit den Knien geschrieben worden, mit den harten Hornhäuten der Füße, ein Extremitätenschreiben sozusagen, und jede Empfindlichkeit der Fingerkuppen wäre systematisch eliminiert. Es macht müde, diesem grundsätzlichen Einbruch nachzustarren, nachzutrauern, aber so ist der Stand der Dinge, die Ellenbogen sind hart, knochig, die Körper hartleibig; geschrieben wird mit den äußersten Nervenenden, mit Fingerkuppen, deren Abdruck die eines Verbrechens Beschuldigten abzuliefern gezwungen werden. Hinter den Kartographien der geschwärzten Fingerkuppen, dem Auf und Ab der Linien sind gleich die Nervenenden. Man muss dem Schreiben mit den Füßen einen Fuß stellen zwischen den auseinanderdriftenden Linien. Wessen Ellenbogen, wessen Fersen da im Spiel sind, will ich nicht wissen, jedenfalls scheint es sich um eine ziemlich harte Haut zu handeln. So sollte nicht geschrieben werden, doch wenn ich den Notizblock im Schoß halte, zögere ich vor der Schranke zum Erzählen, immer noch auf dem Diwan, aufgerichtet, doch in eine Decke gehüllt, an das Kopfende gekauert. Der Abend ist frisch und feucht, spätsommerlich. Eine schwarzweiße Katze schnürt vorüber, die Schnecken haben sich auf dem Wiesenstück eingerichtet, haarscharf tänzelt die fremde Katze an den winzigen Schneckenhügeln vorbei. So müsste geschrieben werden, haarscharf vorbei an den Gegenständen, von denen die Rede ist, doch dann wieder mit der harten Hornhaut der Fersenballen. Ich hörte in einer Fernsehsendung mit einer gefühligen Gesprächsrunde einem glatzköpfigen Mann zu: Ich habe eine Frau geheiratet, die ich mochte, aber nicht liebte. Sie hat es geahnt und furchtbar darunter gelitten, aber ich konnte ihr nicht helfen. Bevor wir uns trennten, hatte sie schon einige Male versucht, mich zu verlassen.

Die gesprochenen Worte stehlen sich aus der Wortwörtlichkeit, wenn sie geschrieben werden nach dem Gehör. In einem anderen Programm posierte ein Mann mit der Geschäftigkeit eines Jung-Moderators im Bild, er hatte das Kabel eines Mikrophons fachgerecht um die Hand geschlungen, er redete und redete; sein Standort war der Anhänger eines Traktors. Viel zu städtisch, wie ein Stenz gekleidet, doch mit Gummistiefeln an den Füßen, trat er rhythmisch die auf dem Anhänger gelagerten grünen Trauben, stampfte und stampfte im glitschigen Fruchtbrei und behauptete oben in das Mikrophon hinein, so produziere man Wein. Ich schaltete den Fernseher wieder aus und bemühte mich, nicht beleidigt zu sein.

Wenn ich den Notizblock auf dem Schoß halte, immer noch auf dem Diwan, scheint ein zunehmender Mond ins Fenster. Der Diwan, auf dem ich nachdenke und vordenke, ist so hoch wie ein Operationstisch. So hoch war er jedenfalls im Traum gewesen. Ich steige hinauf, ich steige hinab; ich bleibe liegen am Morgen und höre den blechernen Schreien der Krähen zu. Ich bringe im Traum mit Gips bestreute Mullbinden mit, die nur noch befeuchtet werden müssen, befeuchtet und gewickelt, dann können die Brüche gegipst werden. Dann wird Ruhe verordnet, und die verordnete Ruhe tritt ein. An einem anderen Abend steigt der Mond über die Baumkronen, nur die Blattspitzen pfeifen in der ersten Dunkelheit. Auf der entmutigend gescheiterten Suche nach einem Abenteuer ist die fremde Katze ins Lauwarme zurückgekehrt. Die Nacht ist mäßig warm, eher kühl. Wenn der Diwan blau wäre, azur gemischt mit schwarz, in einem noch auszuprobierenden Mischungsverhältnis, azur und nicht lodengrün, dann, dann –

Charles Aznavour sitzt auf der Gartenbank, schlenkert mit den Beinen und klappert mit seinen verstörend schönen Wimpern, ein Gesang in Azur ertönt, zwitscherhell, nicht aus Aznavours Mund, er muss von jenseits des Gemeindehauses kommen, wie ein Zwischenakt, sehr zart und glockenrein gesetzt. Sind denn die Knaben vom Peitschen zum Singen übergegangen? Dazwischen klatscht ein grobes Halt's Maul. Die Stimme ist nun auch in dem kleinen Raum, in dem ich allein bin mit dem Schreibblock und dem Empfinden, die Körperutensilien seien wirklich eingegipst worden. Sie fehlen aber nicht sonderlich, nur mangelt es an der Beweglichkeit der Finger, die Empfindlichkeit der Fingerkuppen beim Berühren jedweden Gegenstandes fehlt. Es kann an den Gegenständen liegen. Ich habe dann Charles Aznavour hineingebeten, er hat nur wenig Zeit, muss zu seinem nächsten Auftritt. Er ist, wie er dasitzt, so groß wie ein aufgebäumter Spazierstock. Haben Sie genügend Reiseproviant? Haben Sie Halspastillen, dass die Stimme nicht unter der Hand rau wird wie ein Reibeisen? Die Stimme, die Stimme. Es bedarf der größten Vorsicht, um sie zu schützen. Es ist ja keine Stimme, die in ein fremdes Ohr dröhnt, es ist eine gern gehörte, liebenswürdige Stimme ohne das kleinste Gran Niedertracht darin. Eine Stimme aus samtigen Schatten, aus Nebel, aus Nacht. Eine Stimme, die von Gala-Auftritt zu Gala-Auftritt geeilt ist ohne Ermüdung. Jetzt allerdings umgibt den Künstler eine hartnäckige Müdigkeit wie ein Kokon, sein Gesicht ist zerfurcht von niedergehaltener Nervosität. Ich schenke ihm Tee ein und bin gerührt von meiner eigenen Fürsorglichkeit, lasse mich rühren von den düsteren armenischen Wimpern. Es ist ja nun wirklich keine Hexerei, sagt Charles Aznavour, ein Lied zu schreiben. Ein Lied, das sind nur drei Minuten, vielleicht ein bisschen mehr, ein bisschen weniger. Man hat es in die Welt gesetzt, dann schwebt es davon, und es gehört einem nicht mehr. Es muss leicht sein, jedenfalls muss es sich so anhören, als sei es leicht, man sieht ihm nach wie einem Luftballon, und das ist es schon gewesen. Zwischen Taxifahrern und Blumenhändlerinnen hält sich das Lied gut. Es füllt die Luft in der Enge des Wagens, steht über den Plüschüberzügen der Sitze, über den baumelnden Babyschuhen am Rückspiegel, füllt die Hinterzimmer der Blumenläden mit den mürben Gerüchen der blassen Hortensien, der schwerköpfigen Lilien, senkt sich auf das Gestrüpp des Immergrüns, das die unentschlossen bestellten Sträuße aufplustern soll. Die Luft, die ich geatmet habe, hat sich im Lied kondensiert, sagt er. Ich weiß nicht genau, was er damit meint, aber so sind Auftrittskünstler, denke ich. Sie haben etwas zu sagen und sagen es auch. Er klappt seine armenischen Wimpern herunter, während er Tee trinkt. Armenische Wimpern, notierte ich mir später und dann: Armenische Massaker, denen seine Mutter entkommen war. *Armenische Massaker* prägt sich weniger gut ein als *armenische Wimpern.*

Nein, sagt Charles Aznavour, das wolle er nicht, im Möbelmärkten, in Festzelten auftreten, bei ausgedehnten Schiffsreisen, auf denen man sich den Landgang erpressen müsse, vor ausgewählten Herrschaften singen, die sich mit ihren Erster-Klasse-Tickets kühle Luft zufächeln, auch die Wochenend-Teppich-Auktionen nicht zu vergessen, nein, so weit wolle er es nicht kommen lassen, dieser klassische Niedergang großer Karrieren, er reise nur noch selten, jetzt vielleicht noch einmal und dann nie wieder. Da haben Sie also, rode ich in meinem sorgsamsten Französisch die Wörterschneisen, da haben Sie also diesen Ort im Weichbild einer großen Stadt, den kleinen, aber doch in der Länge und Breite von Einfamilienhäusern und Stichstraßen und Parkplätzen gewachsenen Ort zu Ihrem historischen Abschied erkoren, Monsieur Aznavour? Und ganz leis für mich frage ich, aber nie, nie käme diese Frage über meine Lippen: Hat er vielleicht auch in seinem Ohr eine Stimme gehört, die Stimme, die natürlich sanft und einschmeichelnd, wie es ihm gemäß ist, sprach, säuselte, raunte? Monsieur Aznavour, jetzt ist es genug, keine Mikrophone mehr, in die hineingehaucht wird. Hören Sie auf, ein für allemal. So höflich wäre wahrscheinlich seine Stimme, wenn sie spräche. Niemand trompetete in sein hellhöriges Ohr wie in meines: Halt's Maul. Die Säle sind feindlich, sagt er, feindlich und zugig. Man merkt es im ersten Augenblick, wenn der Saal einen zurückstößt, man fällt aus einem magnetischen Feld. Dann hilft nichts mehr. Die Stimme muss sich hart machen, der Körper sich versteifen. Das sagt er jedenfalls. Und dann spricht er von seinem ersten großen Auftritt in einer

Music Hall, von der großen Leuchtschrift mit seinem Namen über dem Theatereingang. Und gegenüber in dem kleinen Café saßen seine Eltern bei einem *ballon rouge* und starrten auf den Namen, der nicht ihr Name war. Der war länger, komplizierter, fremder, deutete auf eine Herkunft, die der neue Name ihres Sohnes, der Künstlername, verbarg, und alles Glück war in der Leuchtschrift, bis sie spät in der Nacht erlosch.

Haben Sie genügend Reiseproviant, Monsieur Aznavour, wollen Sie sich noch eine kurze Zeit vor Ihrem Auftritt zurückziehen? Ich könnte Ihnen meinen Diwan anbieten, der zwar eine irritierende Farbe hat, wofür ich nichts kann, denn es ist ja nicht mein eigener Diwan, ich habe den Diwan, nun ja, in Beschlag genommen, wie der Mann auf dem Schiff mich in Beschlag genommen hat. Ich habe die Vorstellung, dem Sänger einen ganz unvergesslichen Auftritt zu bereiten, der Schatten einer Gala in der Provinz, eine sanfte Vorbereitung mit noch einem Tässchen Tee, noch einem Stück des gekrümelten Rosinenkuchens auf der Spitze einer Gabel, und am Abend, das ist gewiss, kaufe ich die letzte Karte für das Konzert, die wie immer eine sehr teure Karte sein wird, die vorderen Plätze werden nur zögerlich eingenommen, Karten werden mit Bedauern zurückgegeben, man hat auch, und gerade hier, Besseres zu tun am Abend, Reisen vorzubereiten, Koffer auszupacken nach absolvierten Reisen, es sind andere Leute, die sich am Abend aufputzen und ondulieren, in Samtetuis zwängen und in der Liederbachhalle erwartungsvoll die Plätze einnehmen. Der Visitenkartenbesitzer täte das niemals. Sein starrer Blick auf den Gasmarkt hinderte ihn daran, oder er zöge die beharrliche abendliche Geselligkeit mit meiner schweigsamen Person vor. Charles Aznavour habe ich auch nur die Tür geöffnet, weil mein Gastgeber zu einer Reise aufgebrochen ist, um den russischen Gasmarkt zu inspizieren und um die Beobachtungen und Wahrnehmungen auf der Reise später in Handlungsanweisungen im Unternehmen umzusetzen, so habe ich es jedenfalls verstanden. Ich spiele die Gastgeberin in Abwesenheit des Gastgebers. Charles Aznavour atmet tief durch. Vielleicht hat er doch eine Stimme gehört wie ich, aber es gelang ihm, sie abzuschütteln. Er sitzt auf der Stuhlkante, ich immer noch auf dem Diwan, er trinkt aus dem Tässchen, das ich ihm serviert habe, spannt alle Muskeln an, er sitzt da ohne Hut, mit offenem Kragen, ein blutiges Taschentuch an die Nase pressend, und hört vor Anspannung beinahe zu atmen auf. Ich bringe ihm neue Papiertaschentücher, lade ihn ein zu bleiben, aber er fürchtet, seinen nächsten Auftritt zu verpassen. Also doch noch ein Auftritt, noch nicht der letzte! Ein Fahrer der Agentur holte ihn überpünktlich ab. Danke, dass Sie da waren, konnte ich ihm noch in die stimmlose Stille nachrufen. Es war ein kleiner Triumph. Die Stimme störte mich nicht dabei, wo war sie geblieben, wo war die Empfindlichkeit, Erregbarkeit, die dauernd zum Ärger geneigte Physiologie, wenn der überraschende Besuch sie augenblicklich zum Verschwinden brachte? Von Charles Aznavour blieb nicht einmal eine leise, warme Einbuchtung des Stuhlkissens, nichts blieb, aber das machte nichts.

Da sind die Platanen schon braun geworden, der Wind zurrt an den Ästen, die Plakate, die den Auftritt des Sängers angekündigt haben, sind überklebt. Aber das Blau, das wünschenswert wäre, ist verstandesschön, ein Blau wie gemeißelt, Kobalt und Meißen, Himmelsstürze, Himmelsbäche, Himmelssturzbäche, wo mir der Kopf steht, da langt das Blau hinein. Ein gänzlich offener Diwan, empfangsbereit in jedem Augenblick des Daniederliegens. Immer wieder auf dem Diwan, so denke ich, sollte gelesen werden, die Füße in eine westliche, sonnige Aussicht gestreckt, auf tönernen Füßen, eingegipst, in Erwartung des Einschlüpfens, in Vorfreude auf die wie eine zweite Haut passenden asiatischen Slipper. Die asiatische Leisheit beim Gehen, beim Lesen ist nicht die Abwesenheit von Lärm, eher ein Ausgeatmethaben, eine prunkende Leere, ein Luftraum, der sich mit dem Rücken zur Wahrnehmung wieder von selbst schließt. Halt's Maul. Und wie wäre es, wenn du annehmen müsstest, du seist einem Gespenst aufgesessen? Das Gespenst setzt einen Willen zum Gespensterglauben voraus, einen Willen, dem Nebel zu trauen, einem Nebelwerfer, einem Nebenschauplatz, einem Nebenkriegsschauplatz, sonst erscheint es nicht. Aufsitzen und das Maul halten, das könnte eine Parole sein in einem längst geschlagenen Krieg, bei dem nur Amputierte, Kopfzerschossene übriggeblieben sind. Nur der Rücken, das Weggehen, das Desertieren erinnert an die ganze Person.

Also haben sich Schreiben und Lesen gespalten vor langer Zeit, wie Hundebesitzer und Hundeliebhaber, ja, wirklich vor langer Zeit, als die Hunde noch keine Wahrnehmung hatten, wem sie gehörten, sondern eine Neigung, wem sie folgen wollten. Wenn ich rede, tue ich dies, weil mich plötzlich die Lust dazu erfasst oder weil mich die Notwendigkeit dazu zwingt. Vielleicht auch aus Zorn oder aus Freude über einen Gegenstand. Halt's Maul, macht es da in meinem Ohr, und jede Redelust ist verflogen. Unmittelbar davor war ich still, so still, dass ich meinen eigenen Pulsschlag nicht hörte, und diese unheimliche Stille, in die nicht einmal mein Atem hineinhauchte, veranlasste mich zum Reden. Dieser unendlich zarte, aber lastende Moment, in dem das Wort vor dem Ausschlüpfen und dem Ausgesprochensein noch nicht ist, in dem es an der äußersten Spitze seiner selbst ist, vorgewölbt, geneigt, wie ein Tropfen, den die Spannung der Moleküle nicht mehr hält, ungesagt, von keinem Menschen gehört, und der erst im Augenblick der Ablösung etwas Eigenes wird. Etwas Abfälliges, das im Nu abgefallen ist zu einer Endgültigkeit. Etwas Verhinderungswürdiges. Halt's Maul. Indem das Wort vernehmlich wird, löst es sich auf. Indem es nur dadurch, dass ich weiterhin reden kann, erkennbar ist, zeigt sich das Wort der Begierde seltsam verwandt, überdeutlich verwandt. Sie gipfelt in dem, was sie auslöst, sie lebt darin, was sie vernichtet, und sie überdauert, um wieder zu begehren. In anderen Worten: Sie reißt das Maul stets zu weit auf. Unaufhörlich – und das ist also das Wort – ist es also im Begriff, neu zu erstehen. Da liegt sein Sinn, und nur dafür existiert es, damit es überdauert, damit es den geschlossenen Mund überlebt. Du sollst nicht, sagt die Stimme, sagt jede Stimme, ob sie das Begehren zensiert oder ausschließlich die Worte. Du sollst der Stimme nicht zuhören, sage ich mir. Du sollst dich nicht irremachen im Weghören. Und: Hat die Stimme eine Berechtigung zu bekunden, was jemand soll und was nicht? Du sollst nicht. Lieg auf dem Diwan, schlaf, schlaf endlich, du sollst kein Zeugnis deines Denkens, Sprechens, Handelns ablegen. Du sollst lautlos sein und verschwinden ohne Klagen. Wie hast du überhaupt zu wagen gewagt? Wie wagst du überhaupt zu sein, stimmhaft gegen die zum Verbieten aufgelegte Stimme? Du sollst nicht. Vielmehr: Das Wesen, das du zu kennen meinst, dass du regsam unter deiner Haut wahrnimmst – ja, jetzt reagieren auch die Fingerkuppen wieder –, dieses Wesen soll nicht sein. Sein soll, was die tönende Stimme dekretiert. Dein Mundwerk hat stillzustehen wie eine subventionierte Ölmühle – einerseits. Andererseits bin ich enttäuscht von mir, dass ich so wehrlos bin. Dass ich mich den Einschüchterungen, den Einschnürungen erlegen fühle. Der große Dialog, pfeilschnell und treffsicher, angespitzt, aufgestellt, ernüchtert bis in die Zehenspitzen, bleibt aus. Was fehlt: einerseits eine Stimme, die spricht, einhämmert und einschüchtert. Und dagegen eine andere Stimme, die aufmuckt, sich aufrafft, die auferstanden sein will unter allen Umständen, eine Stimme, die spricht, bar jeder Überlebensberechtigung. Und zwischen ihnen eine Melodie, eine Stimmführung des Ja aber, des Dennoch, quia est absurdum. Ein Kalkül zwischen Stimmführungen, die ein einzelner Kopf nicht bedenkt, es sei denn, er spaltete sich redlich.

Gegenwärtige, Geistesgegenwärtige neigen dazu, der zweifelnden, grübelnden Person vertraulich ein Sofakissen in den Arm zu drücken. Rede mit dem Kissen. Sprich es an. Und der zutraulich gestimmte Patient im 45-Minutentakt knufft das Kissen, versetzt ihm einen Handkantenschlag in seine weiche, bürgerliche, daunengefederte Mitte, schnauft, schnieft, räuspert sich vernehmlich. Er ringt mit der Fassung und ringt sich zu der Wunschbezeugung durch: Das Einzige, was ich mir von dir, Sofakissen, erwarte, ist ein wenig Anerkennung. Er zupft an den Fransen des Kissens, zwirbelt sie mit feuchten Fingern zusammen zu einem nervösen, schütteren Zöpfchen. Jenseits des Sofakissens wird er lebhaft therapeutisch ermutigt. Er fügt eine weitere Franse in den Zopf und zieht, zieht die lächerlichen Wollfransen zur Rechenschaft, die ihre familiäre Nähe zu einer Racheleistung nicht verleugnet, zieht wieder und verbreitet sich fettfleckartig über sich selbst. Spricht über den dahinschwindenden Mut, über die sich hochtürmende Traurigkeit, von tiefgestapelten Wünschen jenseits der Schmerzgrenze. Ein Palaver, bei dem ein Schnäuztuch wie überall im Leben nützlich ist. Das Kissen bekommt noch einen abschließenden Puff in die vermeintlichen Rippen, eigentlich müsste es jetzt in einer wohlgesetzten Rede den Rotz-und-Wasser-Anwurf abwehren, doch ist die Sitzung zu Ende. Das Kissen kommt nicht zu Wort; Gegenrede nicht vorgesehen.

Ich bin dann tatsächlich ins Konzert gegangen, habe im letzten Moment eine Karte ergattert. Erwartungsvoll stehen die Frauen im Foyer der Liederbachhalle, in einer Wolke von Duft, die sich mit anderen Duftwolken mischt, jede abendliche Person ihre eigene Duftwolke, die sie zwingt, Abstand zu halten von anderen Duftwolken. Zu vermeiden sind die unguten Mischungen an den Rändern, die Zusammenballungen, die nicht mehr als Wolken zu erkennen sind, sie haben sich schon niedergeschlagen, ein Nebel, durch den die Konzertabonnentinnen waten. Erwartungsvoll nicken die Frauen sich gegenseitig zu, irgendwoher kennen sie sich alle, bei der Blumenhändlerin haben sie sich gesehen, sie kennen sich vom Spielplatz, aus der Elternsprechstunde. Die Männer wittern sich nur ungefähr oder überhaupt nicht. Sie wollen sich nicht kennenlernen, jeder ein gezähmter Platzhirsch im vorstädtischen Gebirge, sie gehen mit am Zaumzeug, sie werden auf die Weide gebracht, ein abendlicher Viehtrieb aus den Wohnzimmern, den Garagen heraus, es ist die Initiative der Frauen auszugehen, die Männer zu bewegen, damit sie nicht einrosten auf ihren abgezirkelten Gebieten. Die Männer sind ungefähre, etwas flusige Begleiter. Was, hast du gesagt, wird hier gespielt?, flüstern sie in weibliche Ohren, die Frauen leiern das Programm herunter und fächeln sich damit Luft zu. Mit anderen Worten: Hast du es immer noch nicht verstanden? Ich habe es dir schon gestern und auf dem Weg erklärt. Du hast nicht zugehört, wieder einmal. Dann, aber das nur in Gedanken: Halt's Maul. Und: Hör gefälligst zu. Die Männer sind ungefährdet durch die Musik, ihr Gemütsleben verflüssigt sich nicht mehr, vielleicht sind sie sogar resistent gegen das Ausgehen am Abend, sie laufen nicht aus. Der Tag ist schon eine einzige Gefährdung. Mit dem Gesang aus der Liederbachhalle haben sie nichts zu schaffen, sie lassen ihn an ihren Schulterpolstern und an ihren Revers abprallen. Ich streiche an der plakatbeklebten Liederbachhalle entlang und schlüpfe an den livrierten Kartenabreißern vorbei in den großen Saal. Charles Aznavour ist aufgetreten an einem anderen Abend, und niemand weiß, ob es das letzte Mal war. Diesen Abend bestreitet eine glitzernde Schlange von Frau. Sie ist in der Körpermitte biegsam, ihre Lippenmuskulatur ist kräftig. Die Sängerin stülpt die Lippen vor, stülpt sie fast über das Mikrophon, rundet sie wie einen Schwimmring. Die Hände mit den korallenroten, großflächigen Fingernägeln ringt sie, als bäte sie den gesamten Zuschauerraum um Gnade, das ist beeindruckender als ihr Gesang. Während sie die Hände ringt, muss ich an eine einzige Hand denken, mit der ich auf dem Festplatz in der Hafenstadt Bekanntschaft gemacht habe. Ja, nur eine einzige Hand, ihr Gegenstück blieb mir unvertraut. Auf einer improvisierten Bühne am Rand des staubigen Festplatzes begannen zwei Äffchen zu kopulieren. Mir fielen die kahlen Stellen an ihrem Rücken auf. Ihre Ohren waren durchscheinend im Licht und rot geädert. Der Schausteller, dem die Affen gehörten, wollte ihre Kopulation verhindern, wollte sie dazu bringen, zu einer quäkenden Flötenmusik aus dem Kassettenrecorder zu tanzen. Mit Stockschlägen trieb er sie auseinander. Als das nichts nützte, schnippte er mit den Fingern. Da löste sich ein großohriger Junge aus der Zuschauermenge und holte einen Krug mit Wasser vom Hydranten. Der Schausteller riss ihn ihm aus der Hand, goss das Wasser über die Tiere, die schreckhaft auseinanderfuhren. Die Zuschauer lachten und zerstreuten sich, während die Musik weiter schepperte. Es war wie ein Szenenwechsel auf offener Bühne. Der großohrige Junge schlug mit der flachen Hand auf eine mit Kuhfell bespannte Trommel, schlug, als sei er im Tran, mit abwesend verschleiertem Blick, unbeirrt, als hätte es den Zwischenfall nicht gegeben. Plötzlich stand ich allein vor der Bude und hatte erst jetzt die Vermutung, dass das Kopulieren der Affen möglicherweise kein Zwischenfall war, sondern Teil einer primitiven Inszenierung. Ich dachte umso mehr an eine Inszenierung, als ich ein wenig später eine unsachliche physische Nähe hinter mir spürte, die mich erstaunte, aber auch wärmte. In meiner rechten Hosentasche steckte die Hand eines Taschendiebs. Ich spürte die Hand, ein nervöses, sehniges Krabbeln, ich war nicht unzufrieden mit der Gewissheit, berührt, betastet zu werden, ich war überhaupt nie unzufrieden gewesen auf dieser Reise. Ohne mich umzudrehen, zog ich die Hand des Taschendiebs heraus und hielt sie in meiner Hand fest. Der Dieb, ein pockennarbiger Mann im blütenweißen Hemd, war so erstaunt über meine Bewegung, dass er nicht daran dachte, sich loszureißen und wegzurennen. Ich hielt seine Hand, die einige lose Geldscheine aus meiner Tasche fest umkrampfte, in meiner Hand, wusste nicht genau, was ich mit der Hand tun sollte. In der Kultur oder Unkultur, in der ich mich befand, wäre die Hand eines überführten Diebes vielleicht abgeschlagen worden. Jeder Vorwurf von meiner Seite ginge ins Leere: Der Mann war auf frischer Tat ertappt und zu langsam, um flüchtig zu werden. Ich hatte ihn gefasst, geschnappt, aber was sollte ich mit der Beute? In keiner Sprache, die ich sprechen konnte, in keiner Sprache, die zwischen uns stand, würde er mich verstehen. Dass ich, die hellhäutige Ausländerin, nicht sein Opfer sein wollte, wäre in jeder ihm und mir verständlich zu machenden Sprache eine Banalität gewesen. Ich stand da mit der Diebeshand in meiner Hand, viel zu lange, wusste nicht, was ich mit ihr tun sollte. Da schlug meine andere Hand auf die Hand des Mannes, klatschte unkontrolliert auf die Knöchel. Der pockennarbige Mann sah mich groß an, er riss förmlich seine schweren Augenlider hoch. Ich sah seine Hand an, meine Hand, die seine Hand umspannte, und meine zweite schlagende Hand. Plötzlich ließ er das Geld los, die Scheine segelten zu Boden. Ich bückte mich, griff nach den Scheinen, auch der Dieb bückte sich, versuchte, einen Fuß auf sie zu stellen, das gelang nicht, ich hatte sie schon in der rechten Faust, knüllte sie, und plötzlich kam es mir vor, als hätte ich mehr Geld aufgehoben, als ich in der Tasche gehabt hatte. Das Bündel war ziemlich dick. Als ich mich aufrichten wollte, stieß mein Kopf mit dem Kopf des Diebes zusammen, jetzt, da die Rollen ordentlich verteilt waren, ich hatte das Geld, der Dieb hatte die beweiskräftig leeren Hände, er hatte nichts gestohlen, er war nicht bei einem Taschendiebstahl überführt worden, eine wilde, weißhäutige Ausländerin kreischte, wedelte mit einer Handvoll Scheinen unspezifisch in der Luft, jetzt nahm er die Gelegenheit wahr, seine befreite Hand loszueisen, loszureißen, und er lief weg. Ich behielt das nervige, sehnige Gefühl für die Diebeshand im Gedächtnis. Wenn man anderswo gefragt wird: Würden Sie den Täter wiedererkennen?, so müsste ich für die Szene auf dem Festplatz sagen: Nein, das Gesicht des Täters erkenne ich nicht mehr, der Zusammenstoß, das Aufeinanderprallen der Köpfe war viel zu schnell. Was ich allerdings auch im Dunkeln wiedererkennen würde, ist der Griff, der Zugriff der Hand in meiner rechten Hosentasche. Aber wer stellt schon ohne einen zwingenden Grund Täter und Opfer gegenüber, und zwar im Dunkeln, wenn nicht einmal die Opfer- und Täterposition klar zu definieren wäre, nun ja, ich sollte beraubt werden auf einem Festplatz, aber ich hatte mich einer Körperverletzung schuldig gemacht, möglicherweise nur aus Notwehr, ich hatte dem Dieb auf die Hand geschlagen, die ich festgehalten hatte, und die Köpfe waren beim Bücken nach der Beute zusammengekracht, wobei nicht klar war, wer diesen heftigen Zusammenstoß bewirkt hatte. Vermutlich hatte ich auch Geld, das er anderswo verdient oder gestohlen hatte, aufgehoben, mich rüde bereichert. Den Vorteil, das war eindeutig, hatte ich. Der Mann, den ich nun nicht mehr *den Dieb* nennen wollte, eher *das Opfer*, denn ich hatte ihn geschlagen, der Mann war geflüchtet. Er war kein Zeuge. Ich stand herum auf dem Festplatz, verstaute ein Bündel Geld, von dem ich nicht beweisen konnte, wie es in meinen Besitz gekommen war, außer durch den Gemeinplatz: Ausländer haben im Gegensatz zu Einheimischen immer Geld in der Tasche. Woher sie es haben, spielt keine Rolle, ich stand da und fürchtete mich ein bisschen und wusste, ich würde keine Auskunft geben müssen. Es war ein Augenblick jener klassischen Einsamkeit, die alle Reisenden überfällt, wissentlich oder unerwünscht, früher oder später. Diese Einsamkeit in ihrer überwältigenden Macht ist möglicherweise der Grund, zu Reisen aufzubrechen und jegliche Ankunft zu verhindern, immer wieder, immer wieder. Mit anderen Worten: Ich hatte mir alle erdenkliche Mühe gegeben, das Schiff zu verpassen, die Gemeinsamkeit mit anderen Ankommenden oder immer von neuem in der Sicherheit Dagebliebenen zu vermeiden. Der unsichere Grund zum Reisen war ein vollkommen konzentrierter Augenblick auf dem Festplatz in einer von Hitze niedergedrückten Hafenstadt. Und alles sprach dafür, dass dieser genossene Augenblick auf der Stelle einer Vergänglichkeit angehörte, in der er spurenlos versank. Während ich, ohne weiteres Aufsehen zu erregen, den Platz verließ und in das Gassengewirr in Richtung Hafen eintauchte, dachte ich, der kleine Menschenauflauf, die Zuschauer vor den kopulierenden Affen, die Zusammenballung von Schaulustigen, von Belustigten – all das hätte ein Trick sein können. Die werbenden Worte des Budenbesitzers, der möglicherweise die Affen aufeinandergehetzt hatte, bevor das Publikum erschien, die Zuschauermenge, der eilfertige Junge mit dem Wasserkrug, der Taschendieb im Hintergrund der Gafferszene, plötzlich sah ich einen logischen Ablauf, der nur dazu diente, die Schaulustigen abzulenken, die kaum jemals Gelegenheit hatten, dem Geschlechtsverkehr zweier kleiner Affen mit räudigem Rückenfell zuzuschauen, der ihrem eigenen Geschlechtsverkehr nicht unähnlich war, mit wem immer sie ihn in einer düsteren, schweißigen Verlassenheit hinter Jalousien in den glühenden Mittagsstunden ausübten. Der Taschendieb gehörte zu der Inszenierung wie der Schaubudenbesitzer, der sich jetzt logischerweise nicht mehr zeigte, wie die ehrenwert aus dem Verkehr gezogenen Affen, wie die Zuschauer, die sich zerstreut hatten, als der Part zu Ende war, in dem sie mitspielten, vielleicht hatten sie im Gegensatz zu mir noch nicht instinktiv in ihre Tasche gegriffen, vielleicht bemerkten sie den Taschendiebstahl erst am Abend in der ernüchternden Kühle des Hauses, dann war es zu spät. Sie waren stehengeblieben, gebannt von der Verlockung der Tiere, ohne Blick für ihre eigene Situation, stoische Stehenbleiber zum eigenen Schaden, denen zunächst ihr Geld stibitzt werden musste, ehe es zuletzt würdevoll und verlangsamt der ausharrenden Ausländerin aus der Tasche gezogen wurde – das war doch zumindest eine bemerkenswert strukturierte Wirklichkeit, in der die Erinnerung an eine Hand zumindest Hand und Fuß hatte. So kam es mir in der mich überflutenden Erinnerung an den vergangenen Sommer, an die Schiffsreise und ihren abrupten Abbruch jedenfalls vor.

Dann, am Ende des Konzerts in der Liederbachhalle, meine eigenen beiden Hände in einer konzentrierten Bewegung zusammenraffend, aufeinander zu bewegend, zielend, denn ich möchte klatschen wie alle Zuhörer, dachte ich wieder an die Gesten der Sängerin: ihre Hände, flatterhaft im Scheinwerferlicht wedelnd, so nimmt sie den Applaus entgegen in großen Körben. Plötzlich klafft die ganze soziale Situation. Wohin soll man sich wenden am Ende des Kunstgenusses, wo die Erregung abladen, wo soll die Sängerin abgeladen werden, die ohne Fahrer einer Agentur ein bisschen mittellos, marderhaft mörderisch einsam wirkt? Man kann sie, die Ortlose, doch nicht in die Ortlosigkeit einer Pizzeria einladen, die längst aus den Händen eines Sizilianers gewinnbringend in die Hände einer Kroatin übergegangen ist, die das Lokal, die Speisekarte mit geringen, also verschmerzbaren Abweichungen regiert, mit anderen Worten: die sich um eine geradlinige, gnadenlose Anpassung bemüht. Ein Restaurant, in dem die schrägen Internationalisierungen einer nicht internationalisierbaren Küche von einem ehrenwerten Debakel gekrönt werden. Hier kann man die fremde Sängerin, die den Saal nur zu zwei Dritteln gefüllt hat, nicht einführen. Die Leere des Saales hatte schon genug geschmerzt. Eine weitere Zumutung, wie dieses Restaurant sie werden musste, kam nicht in Frage.

Gottseidank für die Sängerin. Gottseidank für die örtlichen Veranstalter. Die Sängerin dankt, lächelt und verewigt sich unleserlich im Gästebuch. Wohin also, wenn nicht gleich in den beschützenden Raum des Hotels zurück? Die Schlange schmückt die Frau, die Frau vergeht im Schlangenleib, sie *ist* der Schlangenleib, tief verbeugt sie sich vor dem Publikum, beinahe auf Kniehöhe, was nur eine routinierte gymnastische Übung ist. Blumen werden überreicht und huldvoll angenommen. Die Liederbacherinnen sitzen in hohen Lehnen, jede ausgestattet mit einem Mann und einem netten Kleid, weder glitzernd noch schlangenhaft, aber dafür noch tragbar im übernächsten Jahr, sie machen sich ihre Gedanken im Kopf und halten sie dicht beisammen. Später, zu Hause, werden sie sie loslassen, den Versuch unternehmen, sie mit den Gedanken, die sich der Mann an ihrer Seite vermutlich gemacht hat, zu befeuchten. Als sängen Vögel im ölgetränkten Gefieder, zu schwer für den Flug, zu ungeschlacht für den Gesang, so überwinden sie die kurze Wegstrecke zu den Häusern, schließen die Türen, auf Zehenspitzen treten sie vor die Kinderbetten. Am frühen Abend, ehe das Konzert begann, schien der Raum nicht so groß gewesen zu sein, er hat sich innerlich geweitet, eine sonderbare Wirkung nach dem Konzert, viel offener Raum ist entstanden für eine unbestimmte Dankbarkeit dem Tag gegenüber, der unbestimmt in Hetze angefangen und doch harmonisch im Triller der Sängerinnenstimme geendet hat. Es könnte auch sein, dass sie die Kinder anbeten, ihr eigenes Fleisch und Blut, das rosige, pralle Fleisch in den kleinen Betten mit der Bettwäsche, voll mit farbigen, auf den Kopf gestellten Tierfiguren, ja, sie vergötzen die Kinder, ihr unbestreitbares Eigentum, in Ermangelung eines höheren Wesens. Sie haben der Sängerin zugehört, sie lauschen dem ruhigen Atem der Kinder, stimmen sich ein auf den eigenen ruhigen Atem, jede ihr eigenes unerbittliches Familienmetronom. Sie sagen dem Ehemann: Das war ein schöner Tag heute, danke, dass du mit ins Konzert gegangen bist. Und die unbestimmbare Reaktion des Mannes, eine vorstellbare Freundlichkeit, beschließt den Tag. Wirklich ein schöner Tag.

5
DIE SCHLÜSSELGEWALT

An einem frühen Morgen, ich war noch im Bett, in einem dieser Träume, die die eigene Lähmung, die Nichtigkeit vor einem übermächtigen und gleichzeitig unsichtbaren Feind zum Inhalt haben, an diesem frühen, vor Schreck verschwitzten Morgen drehte sich der Schlüssel im Schloss der Haustür. Sofort war ich wach. Der Mann konnte es nicht sein, er hatte mir erst am Vortag durchs Telefon gesagt, wie aufwendig, wie ungeahnt zeitraubend seine Arbeit in Moskau sei. Ich arbeite sechzehn Stunden, hatte er gesagt. Ich hörte solche Sätze nicht gern, ich wusste nicht genau, warum sie gesagt wurden, vermutlich sollten sie einschüchtern durch die ihnen zugrundeliegende Tüchtigkeit. Er wollte für seinen Einsatz gelobt werden. Ich lobte ihn, wie ich ihn früher auf seine eigene Bitte geschlagen hatte. Es war ein Reflex; es war fast das Gleiche. Ich lobte ihn, als wäre ich sein imaginärer Arbeitgeber, ich wusste aber, dass er für eine Gesellschaft arbeitete, die keinen persönlichen Arbeitgeber kannte. Es gab eine *Top-Etage mit einer flachen Hierarchie*. Aber vielleicht war es falsch, ihn zu loben. Ich hatte mir wieder sein flehentliches Gesicht vorgestellt und, als ich den Hörer aufgelegt hatte, gedacht, es wäre besser gewesen, ihm entgegenzuhalten: Aber dafür wirst du doch bezahlt. Ich hatte an alles

Mögliche denken müssen, das ohne Bezahlung getan wurde, verhedderte mich in meinen Gedanken und blieb lieber still. So konnte nichts schiefgehen in unserem Gespräch.

Als der Schlüssel sich im Schloss drehte, war ich ein bisschen verstört. Ich wollte keine Veränderung, zog mir rasch einen Bademantel über und rief Hallo, hallo ins Treppenhaus. Ich hörte tappende Schritte in der Diele, ein Poltern, wie wenn ein Rucksack oder eine Reisetasche auf den Boden gestupst wird. Rumplige, unordentliche Geräusche, die nicht in das stille Haus passten. Ich hörte auch einen kleinen Hustenanfall. Er wirkte so, als wollte jemand wortlos sagen: Hier bin ich. Wer immer im Haus ist, soll mich hören.

Ich wollte auch gehört werden und räusperte mich. Ich bin der Sohn, sagte unten ein junger Mann, der sich über sein Gepäck beugte und seine Stiefel auszog. Ich bin der Sohn, sagte er noch einmal von unten herauf. Und wer sind Sie? Er streckte mir eine Hand entgegen. Er sagte seinen Namen: Olaf. Ich hatte noch nie einem Olaf die Hand gegeben und nie im Bademantel in einem fremden Haus vor einem rechtmäßigen Bewohner dieses Hauses gestanden. Ich sagte meinen Namen, aber es fehlte die Bezeichnung des Verwandtschafts- und Bekanntschaftsgrades nach dem Namen. Zu diesem Sohn wollte ich nicht sagen: Ich hüte das Haus deines Vaters in seiner Abwesenheit. Eigentlich wollte ich überhaupt nichts sagen, jedenfalls nichts, was nach einer Rechtfertigung klang. Wir sind zwei fremde Menschen in der Diele, verschiedener Herkunft, verschiedenen Geschlechts, verschiedenen Alters. Wir geben uns die Hand, wir geben ein bisschen Höflichkeit aneinander weiter. Ich sage: Ich wusste nichts von einem Sohn. Dein Vater hat mir nichts von dir erzählt. In Wirklichkeit war ich überrascht und beschämt über mein Nichtwissen einerseits und die Verschwiegenheit des Visitenkartenbesitzers andererseits. War nicht von der Familienlosigkeit die Rede gewesen, bevor er nach Moskau aufbrach? Vom Glück der Familienlosigkeit? Macht nichts, sagt Olaf, wir sind nicht so eng miteinander, mein Vater und ich. Ich sage dann doch noch, dass ich seinen Vater auf einer Schiffsreise kennengelernt habe. Mehr will ich nicht sagen, mehr ist auch nicht in einer fremden Diele zu einem fremden jungen Mann zu sagen. Ich rede ein bisschen über die Route der Schiffsreise, die Landgänge und die Stadtbesichtigungen in der Gluthitze, beinahe hätte ich noch die Welpen ins Spiel gebracht. Ja, sagt Olaf gedehnt, mein Vater hat immer mal von allen möglichen Reisen eine Frau mitgebracht. Das reißt mich nicht vom Hocker.

Er folgt mir in die Küche. Ich koche Tee für uns beide, ich tue es so mechanisch, als hätte ich immer für zwei Tee gekocht. (Ja, in diesem Augenblick habe ich den Tee mit Charles Aznavour vollkommen vergessen, als hätte er mir jetzt nicht in den Kram gepasst, in den Kram meiner Einsamkeitsvorstellung.) Olaf pfeffert ein Bündel Wäsche in die Waschmaschine, aber er weiß nicht, wo sein Vater das Waschpulver aufbewahrt. Aus dieser nebensächlichen Unsicherheit schließe ich, dass er eine ganze Weile nicht mehr in diesem Haus gewesen ist. Ich gebe ihm die Packung. Er füllt das Waschpulver in die entsprechende Kammer der Waschmaschine, schließt die Tür mit dem Bullauge und drückt die Starttaste. Er tut das so, als habe er schon häufig diese Waschmaschine in Gang gesetzt, und ich will mich jetzt über nichts mehr wundern. Zischend schießt das Wasser ein. Die Trommel beginnt sich gemächlich zu drehen. Es könnte gemütlich sein in der Küche am frühen Morgen. Studierst du?, frage ich Olaf. Ja, sagt er einsilbig. Es ist mir einfach nicht danach, ihn zu fragen, was er studiert. Man muss ja nicht am frühen Morgen mit aller Gewalt ein Gespräch mit dem Sohn seines Liebhabers beginnen. Olaf schlürft den Tee und streckt die Beine mit den enorm langen Oberschenkeln an den Tischbeinen vorbei in den Raum. Ich sage mir, so sitzt jemand, der als Junge am Knabenpeitschen teilgenommen hat. Ich korrigiere mich und sage mir, so kann gar niemand sitzen, der als Junge am Knabenpeitschen teilgenommen hat. (Wie säße er dann da?) Ich kann ihn aber auch, wie er dasitzt, breitbeinig, sicher, mit den Füßen auf dem Küchenboden seines Vaters, schlecht fragen: Übrigens, hast du früher am Knabenpeitschen im Gemeindehaus teilgenommen? Haben dich größere Jungen geschlagen? Ja, nein? Und hast du, als du älter wurdest, kleinere Jungen geschlagen? Das ist nichts, was man einen jungen Mann, während die Waschmaschine leise rumpelt, in einer Küche fragen kann. Es klingt eher nach einer heiligen Inquisition. Man müsste solche Ausweichfragen stellen wie: Wie alt warst du, als deine Eltern hierhergezogen sind? Hast du gerne in Liederbach gewohnt? Hast du noch Freunde hier? Da käme man der Sache auf leisen Sohlen näher. Olaf sieht auf von seiner Teetasse und fragt mich: Was machen Sie eigentlich hier die ganze Zeit? Wenig, sage ich, ziemlich wenig, ich ruhe mich ein bisschen aus. Und bin erstaunt, dass ihm eine ziemlich normale Frage eingefallen ist. Aha, sagt er, das kann man ja überall. Jetzt wäre vielleicht der Augenblick, meinerseits eine der unverfänglichen Fragen zu stellen. Halt's Maul, sage ich zu mir selbst und beiße mir auf die Lippen. Und gleichzeitig finde ich es einigermaßen ungeheuerlich, wie wir dasitzen in der Küche seines Vaters, ohne etwas zu sagen, und gleichzeitig finde ich seinen Vater ungeheuerlich, dass er mich seine Familienlosigkeit hat voraussetzen lassen. Oder hat der Visitenkartenbesitzer selbst schon am Ritual teilgenommen und ist in diesem Ort des Hörens, des Hinhörens, des Gepeinigtwerdens durch das Geräusch und seine Folgen hängen geblieben, obwohl er auch in einem anderen Ort sein Haus hätte bauen können? Man bleibt nicht an einem Ort, an dem der eigene Sohn Opfer oder Täter werden muss, bevor er irgendetwas anderes werden kann.

Ich ziehe meinen Bademantel fest um mich und starre Olaf an, als müsste man in seinem Gesicht Spuren lesen können, man kann es nicht, die Waschmaschine gurgelt, ich wundere mich, dass man ihm das Ritual nicht anmerkt. Ich will mir einfach nicht vorstellen, daß ich seinen Schrei vor Jahren auf dem Balkon hätte hören können. Nicht nur seine Beine sind lang, auch seine Füße sind groß, nehmen Küchenraum in Beschlag, die Strümpfe werfen Falten um die Fußgelenke. Ich denke nicht mehr an das Peitschenschnalzen, das ich gehört habe, ich höre dem Rumpeln der Waschmaschine zu, ich höre immer und unter allen Umständen gerne dem Rumpeln der Waschmaschine zu, es beruhigt mich, ich höre zu und kaue auf den Häutchen meiner Fingernägel. Und was bringen sie dir bei im Studium?, frage ich. Alles Mögliche, sagt Olaf. Wir sitzen da, Olaf pustet in seinen Tee, er fasst die Tasse mit beiden Händen an wie eine Schale, die keinen Henkel hat. Ich sage: Ich habe wohl auch noch Biskuits. Danke, sagt Olaf, ich hole mir einen Joghurt. Gedankenverloren löffelt er ihn. Ich weiß nicht, warum er so gedankenverloren und so wortkarg ist am frühen Morgen. Ein bisschen fühle ich mich ihm darin verwandt. Vielleicht ist er auch nur übernächtigt. Die fremde Katze springt auf das äußere Fensterbrett und starrt in die Küche. Wäre ich allein, ich öffnete ihr das Fenster. In Anwesenheit des fremden Sohnes unterdrücke ich diesen Impuls und versuche auch, das Tier zu ignorieren. Hat dich die rothaarige Lehrerin aus der Nachbarschaft angerufen?, frage ich ihn. Genau, sagt er, die Lehrerin war's. Ich habe sie kennengelernt, sage ich, sie wollte bei mir rote Tinte leihen, aber ich habe keine Tinte. Olaf reagiert nicht. Ich hätte mir gleich denken können, die Tinte ist ein Vorwand. Ich bin ein bisschen sauer auf die Lehrerin, als wäre ich einer unbefugten Kontrolle ausgesetzt gewesen. Ich bin aber auch unzufrieden mit mir selbst. Plötzlich fühle ich mich auch von der fremden Waschmaschine mit der fremden Wäsche in Dienst genommen. Warum habe ich nicht den Mund gehalten? Es könnte sein, dass dies der erste Augenblick ist, in dem ich die Stimme vermisse. Frag nicht so viel. Frag vor allen Dingen nichts, was dich nichts angeht. Halt den Mund, halt den Mund.

Olaf geht dann schnurstracks in das kleine Zimmer mit dem Diwan, in dem meine Notizblöcke liegen. Entschuldige, sage ich, ich habe mich hier ausgebreitet. Macht nichts, sagt er, es ist das Gästezimmer, da haben immer fremde Sachen herumgelegen. Wenn ich bei meinem Vater bin, benutze ich das Zimmer. Ich sage, dass ich es aufräumen werde. Olaf macht eine abwehrende Bewegung wie: Nicht nötig. Ich gehe in die Küche zurück, mir ist schwindlig vom raschen Aufstehen, der Schreck am frühen Morgen ist noch nicht verdaut. Langsam, langsam, rede ich mir gut zu. Jetzt wäre der Zeitpunkt, um mich für ein paar Minuten, die sich zu einer kleinen halben Stunde ausdehnen könnten, auf den Diwan zu legen, etwas zu notieren wie: Die geflügelte Klage hat jedenfalls dein Ruhen, deine Müdigkeit verwandelt, und wie es scheint, hat sich sogar die Form der Welt, ohne dass du es wahrgenommen hast, verändert. Ich vergaß den Satz wieder, verlor ihn oder einen ähnlichen oder einen vollkommen anderen. Ich bedauerte das nicht. Ich war gewohnt, auf dem Diwan zu schreiben. Aber das kleine Zimmer ist unerreichbar, der Diwan möglicherweise vom Sohn besetzt.

Ich sah mich dann dasitzen in der Küche, über den kleinen Tisch gebeugt, der mir nicht gehörte. Wie eine Wärterin, wie eine Aufpasserin. Es fehlte nur ein Tellerchen mit ein paar Münzen auf dem Tisch, ergeben wartete die Wärterin, dass Kundschaft käme, dass ein kleines Geschäft ihre Aufmerksamkeit auf sich zöge, dass sie tätig werden müsste mit ein, zwei energischen Handgriffen hier oder dort. Dann trat wieder Ruhe ein, eine Ruhe, die nahe an einer heillosen Aufgeregtheit war. Ruhe bewahren, sagte ich mir, aber ich war schon zu ruhig. Ich starrte auf das Bullauge der Waschmaschine, so hatte ich auch frühmorgens bei der Schiffsreise auf das Bullauge gestarrt, im Schaukeln des Schiffes schien das Bullauge bewegungslos zu bleiben, ein ruhender Pol auf der Meeresoberfläche. Ich starrte auf das Bullauge, das Meer wurde mit jeder Minute silbriger und gleißender, der Morgen war eine Enthüllung, eine Entdeckung, ganze Tage schienen eine freudige Entdeckung zu werden, aber ich blieb unsicher, das Gleichgewichtsempfinden war durch die Bewegung gestört. Ich wusste nicht mehr: Bewegt sich das Schiff? Oder bewegt sich der Horizont? Meistens lenkten mich die Welpen von dieser fruchtlosen Überlegung ab. Oder der Steward klopfte an die Tür, oder eine Karte war unter meiner Kabinentür durchgeschoben worden, alles war in diesem Augenblick wichtiger als die Frage, ob sich das Schiff bewegt oder der Horizont. Daran dachte ich in der Küche, als ich auf das Wiederauftauchen eines bestimmten farbigen Wäschestücks hinter dem Glas wartete. Meine einzige Aufgabe, sagte ich mir, ist, diesen Waschvorgang abzuwarten und dann eine Entscheidung zu treffen. Ich koppelte die Zeit, die der Waschvorgang brauchte, unmittelbar an die Vorbereitung zu einer Entscheidung, die plötzlich jenseits des Bullauges riesig groß, wie eine zukünftige Lebensentscheidung aussah, der ich nicht gewachsen war. Aber ich wusste doch schon, wie diese Entscheidung ausfallen musste; nicht zu meinen Gunsten. Ich wusste es, aber jetzt sank der Wasserspiegel der Waschmaschine, ich hatte noch Zeit, das Pumpen der Waschmaschine war beruhigend, wie auch das zischende Einstürzen des Wassers in die Schublade mit dem Waschpulver beruhigend gewesen war. Mir kam das Wort *Schaumbremse* in den Sinn, ich hatte lange nicht mehr an dieses Wort gedacht, es roch nach einer früheren Unkontrolliertheit, nach einem falschen Überschwang, der die Flüsse und Bäche und Laichplätze weiß gefärbt hatte, es war die Zeit, in der die Fische mit dem hellen Bauch nach oben in den Flüssen schwammen, in denen sie in den Staustufen wie in Reusen anschwemmten, ich hatte das gesehen, meine Geschwister und ich waren zum Fluss gelaufen, Nachbarkinder, die kleineren Scholtenjungen, schlossen sich uns an, die großen Mädchen ekelten sich, wir wussten nicht, warum, wir wussten auch nicht, warum die Fische gestorben waren, wir standen vor den Bergen toter Fische an der Staustufe und sperrten Mund und Nase auf, so viele Leichname, ein Arbeiter mit Gummistiefeln schaufelte sie in einen Container. Unsere Eltern interessierten sich nicht für die toten Fische, also erzählten wir nichts von den Besuchen an der Staustufe, wir saßen bei Tisch und rochen nach toten Fischen, und niemand wusste, warum. Dann war die Schaumbremse im Waschpulver erfunden worden, kein Bottich quoll mehr über, das Waschwasser blieb in der Waschmaschine eingesperrt, gurgelte sanft, der Überschuss war entsorgt. Es war lächerlich, wie ich mich in den Waschvorgang versenkte, als gäbe es nun nichts Wichtigeres mehr; Wasser gegen eine ansteigende Tränenflut, ich selbst war gebremst, aber ich wusste nicht, was in meinem Fall die Schaumbremse sein sollte. Schaumbremse, Schambremse. Ich saß da auf dem Küchenstuhl und war beruhigt, das sagte ich mir jedenfalls vor oder besser, ich versuchte mir vorzusagen: Du bist ganz ruhig, alles wird sich finden. Im kleinen Zimmer hörte ich Olaf rumoren. Wie konnte man in diesem winzigen Raum nur so viel rumoren? Untersuchte er den Kleiderschrank, rückte er den Diwan, der ja ein Gästebett war, von der Wand? Ich sagte mir, du musst dich nur entschließen. Und frag nicht so viel, halt den Mund.

Ich halte auch den Mund, die Waschmaschine hat geschleudert, ich öffne das Bullauge, die Nässe schabt an meinen Fingernägeln, oder meine Fingernägel schaben an dem Stoff, alles ist aufzuhängen, alles hat seine Ordnung, ich nehme das erste Hemd von Olaf heraus, streiche die Knitter zwischen den Händen glatt. Ich lege das Hemd unauffällig wieder in die Waschmaschine zurück, schließe die Tür, alles scheint unberührt, wer gewaschen hat, wird die Wäsche auch aufhängen, wird die Waschmaschine auch ausschalten. Ich sitze da, und Zeit vergeht. Es ist eine Übung im Sich-klein-Machen, ein prunkendes Sich-klein-Machen. All das hat mit mir, der Hüterin des verlassenen Hauses, nichts zu tun. Manche Gespenster kehren regelmäßig an den Ort ihres Ursprungs zurück, manche verlassen nie den Ort ihres Beginnens, verbarrikadieren sich vor jeder möglichen Veränderung. Der Tag, an dem der Sohn gekommen war, blieb der Tag, an dem der Sohn gekommen war. Es schien, dass der Tag, an dem der Sohn gekommen war, ein wichtigerer Tag war als der, an dem ich in das Haus des Visitenkartenbesitzers gekommen war. Dazwischen gab es sonderbare Tage, die keinen Namen hatten, die wegstrudelten mit dem Kalender. Kein Anruf aus Moskau, ich versuchte eine Verbindung, sie kam nicht zustande, der Mann war in einer Konferenz und jetzt nicht störbar. Ich bat darum, zurückgerufen zu werden, vor Olafs Ohren wollte ich keinen weiteren Versuch starten. Es wäre zu viel gesagt, wenn ich die Unerreichbarkeit des Visitenkartenbesitzers, Olafs überraschende Heimkehr in das Haus seines Vaters, die leise Aktion der Lehrerin als ein Komplott bezeichnet hätte. Ich sagte zu mir selbst: Deine Zeit ist um. Verschwinde. Das war meine eigene Stimme, nicht die Stimme in meinem Ohr. Ich konnte meine eigene Stimme nicht orten, ich war aber nicht unzufrieden mit ihr und gab ihr Recht. Ja, ich verschwinde. Es war nichts gegen diesen Imperativ einzuwenden. Ich war nach wie vor störbar und aufgestört, es ist ja wahr, sagte ich zu mir selbst, alles, was Handlung hätte sein können, ist vorläufiger Stillstand geworden. Also geh.

Der Tag macht sich breit, er ist eine formlose Masse. Olaf verabschiedet sich, er will einen Freund besuchen. Ich denke, er will mir Gelegenheit zu einem geordneten Rückzug geben. Heimlich sehe ich ihm nach am Fenster, er geht wie jemand, der nicht weiß, dass er der Sieger des Tages ist. Aus einer Einfahrt schießt ein Auto hervor, fädelt sich aber nicht zwischen die Fahrzeuge auf der Straße ein. Das Auto bleibt stehen. Der Kopf des Fahrers liegt für einen Augenblick auf dem Lenkrad, es muss ein Augenblick der forcierten Konzentration vor dem Beginn des Tagwerks sein, ein vermeintlich ganz unbeobachteter Augenblick. Dann fährt der Fahrer los. Vom Balkon winkt eine Frau; er beachtet sie nicht. In der kleinen Parkanlage sitzen alte Frauen auf den Bänken und starren den Springbrunnen an. Sie haben einen Blick, als sähen sie dahinter ein *vollkommenes* Leben, das sie zeitig zu führen versäumt haben. Sie haben auch Charles Aznavour versäumt. Damals haben sie Blätter mit farbenprächtig posierenden Königsfamilien studiert, immer neue Kinder und Schwiegerkinder, immer neue Gebisse und Lockenfrisuren, und alle Mitglieder der farbenfreudigen Königsfamilien halten sich schadlos an der unterwürfigen Bewunderung neu gewonnener Untertanen in den Blättern. Jetzt ruhen sich die alten Frauen von ihrem Lebens-Versäumnis aus. Sie sind der Harmlosigkeit entkommen, mit einem getrübten, gelblichen Blick starren sie durch den Wasserstrahl hindurch in die Weite. Königshäuser, geschenkt, die haben auch ihren Dreck am Stecken, nichts anderes, also herzlich wenig war bei dem langjährigen Studium der bunten Hefte schließlich herausgekommen. Gelassen sehen die alten Frauen in der Parkanlage dem grünen Star entgegen, für sie ist gesorgt. Gegenüber, auf der anderen Seite der den Ort durchschneidenden Bundesstraße, ist schon eine große Tafel aufgestellt, ein Bauträger hat seine großformatige Visitenkarte abgegeben und wirbt mit einem zukünftigen, zeichnerisch hochwertig dargestellten Objekt: unten eine gepflegte Ladenpassage, darüber eine Seniorenwohnanlage mit allen Schikanen, der Blick geht auf den Springbrunnen und den Parkplatz der Konzerthalle. Wenn der Zeitplan eingehalten wird, toi, toi, toi, werden die alten Frauen die Fertigstellung des neuen *Centers* noch erleben.

Später ist später. Auf einer der Bänke am Springbrunnen sitzt eine junge Mutter mit einem Kinderwagen. Sie rüttelt am Griff des Kinderwagens, schiebt ihn hin und her, aber das erwartete Schaukeln bleibt aus, der Wagen ist zu hart gefedert. Das Kind sieht den Bemühungen seiner Mutter, es in Bewegung zu versetzen, gleichmütig zu. Es muss ein besonders phlegmatisches Kind sein. Jetzt beginnt die Mutter zu grimassieren, das Kind lächelt nicht, das ist schon unheimlich, die Mutter zerrt den Kinderwagen zu sich heran, sie beißt in die Griffstange, entblößt ihr ganzes mütterliches Gebiss vor dem Kind und sieht es erwartungsvoll an. Wieder lächelt es nicht. Die Mutter gibt ihre Bemühungen auf. Hoffentlich hat sie niemand gesehen, sie sieht sich um, doch, ich habe sie gesehen und versuche die sonderbare Beobachtung wieder zu vergessen. Die vogelhaften alten Leute, die Aussiedler, die ich im Zug nach Liederbach bei meiner Ankunft getroffen hatte, kommen vorbei. Der alte Mann ist jetzt mit einer laubfroschgrünen Sportjacke bekleidet, eine mildtätige Hand wird ihm die Jacke aus den Stoffbergen einer Kleidersammlung herausgezerrt haben. Jetzt gehört das alte Paar dazu, man erkennt ihre Fremdheit nicht mehr auf den ersten Blick, der zweite Blick ist verschüchtert, hoffnungslos demütig dauerlächelnd im geordneten Durcheinander des Neuanfangs. Ich bin in den Ort gegangen, nachdem ich versucht hatte, die Lehrerin anzurufen. Die Lehrerin hatte ihren Anrufbeantworter mit munterer Stimme besprochen, zu jeder Nachricht einladend, ich hörte ihr zu, rede du nur, rede du nur, und dachte: Hünde, Hünde, doch bevor ich meinem Ärger über ihren kleinen Verrat an unseren zukünftigen gutnachbarlichen Beziehungen hätte loswerden können, hörte ich die Stimme in meinem Ohr: Halt's Maul. Sie ist lauter als die Stimme der Lehrerin im Hörer. Ich entschied mich für die zweite Stimme und legte auf.

Ich war jetzt so weit heruntergekommen, dass mir alles zu Lesende gleich gut gefiel. (Das glaubte ich jedenfalls.) Das zu Lesende verhinderte das zu Sprechende, verhinderte den möglichen Eingriff der Stimme. Ich las auf einem Becher das Wort *Almighurt* und auf einer Tafel vor einem Restaurant handgeschrieben: *Putenschnitzel in Eihülle.* Ich las im Vorübergehen das Wort *Antisemit*, es stand auf der Mauer hinter dem kleinen Friedhof, jemand hatte es mit roter Farbe neben ein schwarzes Hakenkreuz gesprüht. Es gefiel mir nicht, so wenig wie die vorher gelesenen Wörter, aber ich dachte jetzt nicht daran, welche Wörter mir so sehr gefielen, dass ich sie zurück ins Haus brachte und in mein Notizbuch schrieb. *Mein Ort bleibt –*, las ich, aber das Ende des Satzes konnte ich nicht lesen, das Plakat mit dem überzeugenden, kantigen Männergesicht, dem der Halbsatz zugeordnet war, hing zerfleddert da. Ich war jetzt so heruntergekommen, dass ich mich gerne in den Schatten vor einem Restaurant gesetzt hätte. An dem einzigen Tisch saß eine ältere Frau mit blonder Dauerwelle. Ich schaute ihr auf den Teller, was man eigentlich nicht tut, sie aß tatsächlich ein Putenschnitzel in Eihülle oder etwas ähnlich Bleiches. Ich wollte nicht so bedürftig sein, dass ich an einem noch warmen Nachmittag mit einer wildfremden Frau das Darf-ich-mich zu-Ihnen-setzen-Spiel begann. Es sind doch noch viele Tische frei. Aber ich möchte nicht alleine sitzen und essen. Mit einer wildfremden Frau am Tisch, die den Eindringling in ihrem Revier misstrauisch betrachtete, dann den Blick auf die blaukarierte Plastiktischdecke, auf den geriffelten Salzstreuer aus Glas senkte. Jetzt kam auch ein Kellner, der wortreich die Speisekarte erklärte; ich hatte ein bisschen Angst, dass mich das Herunterbeten der Speisekarte so durcheinanderbringen würde, dass ich auf den Teller der Frau zeigen würde: Bitte bringen Sie mir das Gleiche. Es gelang mir aber, aus seinem Wortschwall das Wort *Kalbskotelett* herauszufiltern. Und war zufrieden, als der Kellner meine Bestellung aufgenommen hatte. Die Frau sah mich jetzt mit unverhohlenem Interesse an, meine Bestellung war ihr sympathisch. Sie sagte, sie könne nur noch weiße Nahrung vertragen, weißes Fleisch, Milchprodukte, vom Ei esse sie niemals das Dotter. Ich sah sie an, wie käsig sie war, bleiche Arme und bleiche Fingernagelmonde, ich riss mich dazu hin, ihr zu sagen: Auch Radieschen sind sehr bekömmlich, und das Beste im Apfel sitzt nicht im weißen Fleisch, sondern direkt unter der Schale. So heißt es jedenfalls. Die Stimme in meinem Ohr sagte Halt's Maul, sie traf mich wie ein Faustschlag.

Die bleiche Frau sah mich groß an und sagte: Aber das schmeckt doch nicht. Während ich mein Fleisch schnitt, das der Kellner auf den Tisch geknallt hatte, schaute sie mir auf die Finger, als vermisse sie etwas, einen elften Finger, ein leuchtendes Nagelrot, einen klassischen Ehering, eine menschliche Erhabenheit, deretwegen es sich lohnte, mit mir Konversation zu machen, und ich hätte (theoretisch) einen Katalog von Fragen aufblättern können: Warum sitzen Sie im Schatten? Haben Sie eine Sonnenallergie? Aber ich hörte zu und war auch nicht (weniger) unglücklich. Die Stimme lockte ich jedenfalls nicht noch einmal hervor. Ich puhlte die Fleischfasern aus den Zähnen, bezahlte meine Rechnung und nickte der Frau eine Verabschiedung zu. Ich sitze jeden

Mittag hier, sagte sie, am Stammtisch ist immer ein Platz für Sie frei. Leider bin ich nur noch heute in Liederbach, murmelte ich beim Aufstehen. So?, frage die Frau, und es klang ein bisschen pikiert, gefällt es Ihnen nicht bei uns?

Noch später ist der S-Bahnhof eine zugige Schneise. Die Gleise glänzen, der Fahrkartenautomat ist mit fahrigen Kringeln und Kritzeln bemalt. Die hohen Bogenlampen werfen ihr unerbittliches Licht auf die schäbige, von Messerstichen gekerbte Sitzbank, auf der niemand sitzt, auf der auch bei der längsten Wartezeit bis zur Ankunft eines Zuges niemand sitzen wollte. Ein Zug ist gerade weggefahren, der nächste wird in einer knappen halben Stunde kommen, so ist es jedenfalls dem Fahrplan zu entnehmen. Nur grenzenlose Optimisten oder Schriftgläubige, besser: Fahrplangläubige glauben, dass hier noch ein Zug hält. Zwei junge Männer mit Gesichtern wie bleiche Käselaibe, schwere Stiefel an den Füßen, in denen sie jede Expedition der Welt unternehmen könnten – in der Hafenstadt, in der ich gewesen war, würden sie allerdings ungern gesehen –, die zwei jungen Männer sind solche Optimisten, denen sich ein vorsichtiger Mensch nicht unmittelbar anschließen wollte. Eher marschierte man in die ihnen entgegengesetzte Richtung, nur weg hier, in die Büsche hinein, in ein unbekanntes Asyl. Doch ihnen scheint das Warten in der Einöde des Bahnhofs nicht das Geringste auszumachen. Ohne diesen Optimismus, dass Stiefel hinaus in die Welt marschieren, dass Warten auf Bahnsteigen sich lohnt, dass Messer, die an Gürteln von jungen Männern protzen, nicht gezückt werden, geht's nicht, nirgendwo. Einer der beiden jungen Männer knallt eine Tafel Schokolade auf die Sitzbank, das Bröckeln der Schokolade im Silberpapier ist in der Stille hörbar. Woll'n Se'n Stück? Großmütig wird es angenommen. Ja, ein wenig Mut ist erforderlich, den Kontakt aufzunehmen, kein großer Mut. Tatsächlich kommt die S-Bahn mit nur geringfügiger Verspätung, sie wirkt von weitem wie eine beleuchtete Puppenstube. Wir sind nur geringfügig durchgefroren und haben den Geschmack von Schokolade in den Zahnlücken. Zu meiner Überraschung steigt der Sohn des Visitenkartenbesitzers aus der S-Bahn. (Ich möchte jetzt schon nicht mehr seinen Namen sagen.) Wir sehen uns an. Nicht sehr lang, aber doch lang genug. Na, so schnell zischen Sie ab?, fragt er. Es hört sich an wie: Na, so schnell geben Sie auf? Die jungen Männer lümmeln sich in den Sitzen der S-Bahn, jetzt, nachdem die Schokolade, das kannibalische Freundschaftsmahl zwischen eben noch vertraulich Gestimmten, verzehrt worden ist, sind sie wieder fremd geworden, mit sich und ihren Stiefeln auf den Sitzbänken beschäftigt. Einer kratzt sich mit einer derart zerstörerisch endgültigen Bewegung hinter dem Ohr, als hinge von der Aggressivität der Fingernägel auf der eigenen Haut alles weitere Mögliche ab.

Ich dachte jetzt, während die Bahn an den öden Kuben der großen Supermärkte und Teppichhäuser vorbeizuckelte, dass ich schon einmal Zeuge des Schlagens geworden war, es war anders als das Knabenpeitschen, weniger ritualisiert, näher und gleichzeitig unendlich weit entfernt. Ich dachte plötzlich, in der S-Bahn sitzend, wieder an die Nachbarskinder, an die Scholtenmädchen. Scholtens hatten im selben Haus wie meine Eltern gewohnt, es war ein vorstädtisches Mietshaus mit vier Parteien, kleine Balkone, ein schütterer Hof mit Teppichstange und einem Handtuch von Garten, Flieder und ein Pfirsichbaum, windzerzauste Blumen und ein immer dürftiges Kräuterbeet. Die Scholtenmädchen waren älter als meine Geschwister und ich, sie hatten schon Brüste, die, wie meine Geschwister herausgefunden hatten, in *Körbchen* steckten. Sie trugen auch zipfelige Röcke mit eng geschnürten Taillen, und wenn sie sich auf der Treppe bückten, sah man im Rücken den nackten Speck. Wir, meine Geschwister und ich, mussten Unterhemden und Leibchen tragen, deswegen schauten wir gerne und bewundernd die käsigen Rücken der Scholtenmädchen an, wenn sie samstags in Vertretung ihrer Mutter ein Stück der Treppe putzten. Die Scholtenmädchen ekelten sich leicht, mit einer toten Maus aus dem Garten, am Schwanz gepackt, konnte man sie erschrecken. Wir wussten nicht, warum sie sich so leicht ekelten. Bald, bald, das hatte unsere Mutter drohend angekündigt, seien wir auch alt genug, am Samstag unseren Anteil am zugigen Treppenhaus zu putzen. (Vielleicht war das der Beginn des Ekels.) Die Scholtenmädchen, das sagte unsere Mutter immer wieder anerkennend, putzten die Treppe gut, über den feuchten Lappen geneigt, ekelten sie sich nicht, sie putzten *mit Bravour*, wie meine Mutter sagte, anders als Frau Scholten, die alle möglichen Interessen hatte; sie sang im

Chor, rannte in ihren Schrebergarten am anderen Ende der Stadt, sie hatte auch noch zwei kleine Söhne, die unter *ferner liefen* rangierten, die Söhne waren der Stolz von Herrn Scholten. Er ging mit ihnen angeln, er nahm sie auf den Sportplatz mit, zu allen möglichen männlichen Erhitzungen. Samstagsabends, wir Kinder glaubten, die Scholtenmädchen hätten die Treppe vorzüglich geputzt, jetzt könnten sie tun und lassen, was sie wollten, samstagsabends hörten wir ein Klatschen aus der Scholtenwohnung, wir hörten es, wir mussten nicht lange nachdenken, wir wussten gleich, die Scholtenmädchen wurden geschlagen. Das Schlagen hing in der Luft, eine große, unheimliche Blase, Herr Scholten schrie, es klatschte, klatschte, eines der Mädchen schrie, schrie jämmerlich, wir wussten nicht, ob es das ältere mit dem Pferdeschwanz oder das jüngere mit dem Pagenkopf war, doch als es weiter klatschte, wussten wir, beide wurden geschlagen, so lange konnte man ein einziges Mädchen gar nicht schlagen wollen. Wir legten den Kopf auf den Dielenfußboden, hörten dem Schlagen zu. Herr Scholten schlug mit dem Gürtel auf die Haut der Mädchen, wir wussten es, wir hatten es von den kleinen Brüdern der Mädchen gehört, mit denen wir zur Staustufe rannten. Wir wussten nicht, auf welchen Körperteil er schlug, wir stellten uns ihn vor. Herr Scholten schlug samstags, nicht regelmäßig, aber doch häufig, wir stellten uns den blanken Hintern vor, den schon ein bisschen fetten, blanken Hintern der großen Mädchen. Die Treppe, die die Mädchen geputzt hatten, war noch feucht.

Wir wussten nicht, warum er die Mädchen schlug, was hatten sie verbrochen?, er schlug, sie schrien, wir hörten zu. Er schlug bei schlechtem Wetter, im Herbst bei Nebel, im Nieselwetter, in der ersten Kälte und in der Weihnachtszeit. Die Fenster waren geschlossen, die Mädchen weinten: Aufhören, aufhören. Wir hörten sie ganz deutlich, wir hatten das Ohr nah am Geschehen, die Ritzen der Dielen waren uns lieb, meine Mutter sagte, das sollte Herr Scholten aber wirklich nicht tun, wir hörten weiter dem Klatschen zu, kauerten über den Dielenritzen, uns war kalt auf dem Boden, die Ritzen drückten in die dünne Haut der Finger, mit denen wir uns abstützten. Einmal standen wir auf, mitten im Schlagen, verwirrt, verängstigt, wir wussten, was geschah, wir wussten aber nicht, warum es geschah. Wir gingen zu unserem Vater und sagten: Du musst hinunter zu Herrn Scholten gehen, er schlägt die Mädchen tot. Du musst ihm sagen, dass er aufhören muss. Unser Vater ging nicht zu Herrn Scholten, an diesem Abend nicht, an keinem anderen Abend. Wir aßen zu Abend, das Schlagen in der unteren Wohnung hatte aufgehört, es war sehr still im Raum, im ganzen Haus.

An einem warmen Samstagnachmittag, das muss im nächsten Frühjahr gewesen sein, grub Herr Scholten ein Beet um. Wir sagten unserem Vater: Mach auch was im Garten, wir helfen dir, grab auch ein Beet um und rede mit Herrn Scholten. Wir kamen uns sehr vernünftig vor bei diesem Rat. Manchmal arbeitete unser Vater im Garten, man sah die beiden Männer über den Beeten. Wir standen dann am Küchenfenster, die Scholtenmädchen putzten die Treppe, wienerten sie mit Wachs, wir boten unserem Vater an, ihm im Garten zu helfen, aber er wollte unsere Hilfe nicht, die vielleicht eher eine Belästigung (Kontrolle?) war. Spricht er mit Herrn Scholten und über was? Wir wollten zuhören, was er zu Herrn Scholten sagte, wir wollten auch, dass noch viel Zeit verginge, bis wir die Treppe putzen mussten. Später hörten wir wieder das Klatschen, das Jammern der großen Mädchen. Wir waren enttäuscht. Hast du denn nicht mit Herrn Scholten geredet?, fragten wir unseren Vater. Ich hab's ihm schon mal gesagt, antwortete unser Vater. Wir wurden verächtlich still. Unsere Mutter sagte manchmal: Seid froh, dass es euch nicht so geht wie den Scholtenmädchen, den armen Dingern. Wir blieben still, froh waren wir nicht. Später, ziemlich bald schon, heirateten die Scholtenmädchen, viel zu früh, wie unsere Mutter sagte, so waren sie aus dem Haus, wir sahen sie nicht wieder.

Der Koffer, den ich gepackt hatte und nun mit mir herumschleppte vom S-Bahnhof zum Fernbahnhof, war erwartungsgemäß schwer zu tragen. Und schwer zu ertragen waren die gaffenden Mitreisenden auf dem Hauptbahnhof, die nicht einmal daran dachten, den Mund aufzutun oder gar eine Hand auszustrecken: Kann ich Ihnen helfen? Die offenbar fasziniert waren von einer Person, die einen schweren Koffer den Bahnsteig entlangschleppte, nein, Gepäckwagen waren irgendwo anders, gab's hier nicht, der Gepäckträger war eben noch nicht erfunden oder gerade mal wieder abgeschafft worden, eine auslaufende Arbeitsbeschaffungs-Maßnahme. Die Mitreisenden staunten, ob die Person ihren Koffer auch wirklich die Stufen zu dem Waggon hinaufhieven könnte, den Korridor entlang, vielleicht bräche die Person am Ende ihrer Kraft am Ende des Perrons oder gar über dem endlich gefundenen Sitzplatz am Fenster mit der Reservierung in der Hand zusammen, das möchte man doch mal gerne sehen, das möchte man sich nicht entgehen lassen. Dann hätte man auf dieser langweiligen Bahnreise wirklich mal was gesehen. Kann ich Ihnen helfen? Die Hand und der Mund sind gleich wortlos, dramatisch wortlos. Der Mund ist nur ein Schnörkel, mitten im Gesicht. Er will sprechen, er will immer und ewig sprechen in einer schon fertiggestanzten, befremdlichen Selbsttätigkeit. Es fehlt ihm der Mangel an Entschlusskraft, still zu sein. Es fehlt ihm einfach an Verschlusskraft. So muss man das sehen, wenn man schon viele Koffer geschleppt hat ohne fremde Hilfe, wenn man Mitreisende angesehen hat, die einen ansehen, als hätte man wie in einem *running gag* immer eine zerstückelte Leiche im Koffer, und gleich, in einer anderen Einstellung, fließt das Blut heraus, und irgendwie, wie ist auch gleichgültig, mit einem unbekannten *special effect* öffnete sich der Koffer im hellsten Licht. Da möchte man dabei sein, aber nicht zu nah, doch. Da möchte man sich auf seinen reservierten Platz zurückziehen, mitreisen ohne Risiko. Die Reisenden sind immer wieder fasziniert von einer Person, die unbeirrt und unbeeindruckt von ihrer eigenen Lächerlichkeit einen schweren Koffer den Bahnsteig entlangschleppt, ja hilft denn der keiner?, der Beruf des Gepäckträgers war wieder einmal gerade ausgestorben und noch nicht wiederbelebt worden. Die Reisenden auf dem Perron gaffen; sie haben schon eine bessere *Show* gesehen, aber immerhin. Währenddessen verzehren sie ein Würstchen oder tragen locker ein Speiseeis in der Hand, das zu verzehren ihnen in öffentlichen Verkehrsmitteln verwehrt ist. Also verzehren sie es jetzt, mit leidenschaftlicher Schnelligkeit und Lecklust. Währenddessen hastet eine Person an ihnen vorbei, vielleicht bricht die Person am Ende ihrer Kräfte am Ende des Bahnsteigs sinnreich und sinnstiftend zusammen. Das wollen sie sehen. Doch für diesen Akt des Zusammenbrechens muss man älter sein, blinder oder ein bisschen gehbehindert, also eine ausgebildete Fachkraft des Zusammenbruchs. Und schon kommt ein kleiner, behänder Rollstuhl, geschoben von einer kleinen, behänden Person, die auf diesem Bahnhof freiwillig idealistisch ihren Sonntagsdienst ableistet. Man müsste sofort dieser kleinen, behänden Person einen Geldschein zustecken, so leise und geschickt, dass keine Peinlichkeit aufkommt, und sie dazu ermutigen, den Rollstuhl dorthin zu schieben, wohin sie Lust hat zu gehen – in die Einkaufspassage vielleicht, die den Bahnhof gegen die Stadt puffert. Leute, die ein bisschen blind oder gehbehindert sind und Hilfe brauchen, sind häufig sehr großzügig, deshalb hilft man ihnen auch gern. Jedenfalls solange sie reisen und mit Koffern und Geldtaschen winken und sehr, sehr junge, sehr hungrige Menschen zum Essen einladen. Die alten Leute essen nur wie die Spatzen, sie ernähren sich vorwiegend vom Optimismus der jungen Helfer und Helferinnen. Natürlich essen diese jungen, sehr hungrigen Menschen auch sehr wenig auf Kosten der Älteren, die sie einladen. Das ist eine Frage des Stils, auf den sich jeder Halbblinde, Halbgehbehinderte verlassen kann. Sie sagen es auch weiter, Kinder und Kindeskinder, das sagen sie auch, kommen in jedem Fall teurer.

Schließlich saß ich im Zug, sah mich selbst im Zug sitzen, war erleichtert, im Zug zu sitzen, ohne unter die Räder gekommen zu sein. Keine Stimme, keine Mitreisenden, ein leeres Abteil, blasse Wolken draußen. Ich hatte lange nicht mehr in einem Zug gesessen, es war höchste Zeit, wieder einmal zu reisen. Nicht wahr, sagte ich in die Stille des Zugabteils zu mir selbst, das Signal kam genau zum richtigen Zeitpunkt. Du warst das Liegen auf dem Diwan, du warst die Ausbreitung der Notizblöcke ja auch gründlich satt, du hast gelebt wie auf Zehenspitzen in deinen schon ganz abgeschabten asiatischen Slippern. So geht das eben nicht, man muss auch wieder einen Koffer schleppen. Etwas links erhob sich die Morgensonne, eine schnurgerade Reihe von Pappeln kam ins Bild, wischte weg aus dem Fensterausschnitt, um Wiesen und einem kleinen Bachlauf Platz zu machen. Ich sah den Schwalben zu im Fensterausschnitt. Es war wie eine Gedächtnisauffrischung. Schwalben, Schwalben.

6
DAS VORHANDENE VERGEHEN

Der Landgang ist dem unruhigen Seegang gefolgt. Die Wellen haben sich geglättet, die nervösen Magenwände mit ihren aufschäumenden Säften ruhen. Ich gehe, soweit ich kann. Ich gehe so weit, dass es mir die Sprache verschlägt. (Bald nicht mehr.) Ich höre keine Stimme, das erleichtert, aber ich höre stattdessen das Klopfen und Tuckern alter Motoren, das Knallen der Fehlzündungen, das Aufjaulen der ganzen gequälten Maschinerie beim Einlegen der Gänge, ich höre das Knattern der Auspufftöpfe, die Augen tränen, woher kommt die Tränenflüssigkeit, die Reizung in der drückenden Luft. Verstaubte Oleanderbüsche und fleischige Agaven, angepflanzt in besseren Tagen, noch *in der Türkenzeit* wahrscheinlich, stehen am Rand der Piste. Verjährte Objekte. Eine Erinnerung an die Zeit, als das Anpflanzen von Büschen und Sträuchern noch einen Wert besaß. Von weitem sind die steinernen Überreste des Forts zu sehen, eine imposante Reiseführerschönheit, für die jetzt niemand mehr einen Nerv hat. Die Oleanderbüsche tragen dürftige, blasse Blüten, die Blätter sind vom Staub gepudert. Dass der Wind in die vom Monsun fetten Blätter der Palmen und Tamarinden peitschte –, das war einmal. Jeden Abend zur gleichen Zeit kommt der Wind, er kühlt ein wenig, wirbelt Staub auf, und dann geht der Wind wieder wie ein genügsamer Gast, niemand weiß, wohin, er hat nur ein wenig Erleichterung gebracht. Ringsum Brachland und Wildnis, die Schroffheit der zurückgesunkenen Natur scheint auf die übriggebliebenen Bewohner der Gegend abzufärben. Nur ein paar Postenhäuser der Polizei, vereinzelte Wohnhäuser und Imbissbuden sind stehengeblieben, jeweils einen Steinwurf von der Piste entfernt. Die Schornsteine der Wohnhäuser sind eingestürzt. Oder sind sie zerstört worden, um eine baldige Rückkehr der Bewohner zu verhindern?

Der Knattergang dürftiger Fahrzeuge, die sich Stoßstange an Stoßstange über die Piste schieben, hallt durch das Tal. Die Ladeflächen der Lastautos sind mit Planen bedeckt, die Planen sind festgezurrt, die Autos wirken überladen. Sie sind überladen, wovon. Ich hätte stehengeblieben sein wollen, ehe die Angst einsetzte, stehengeblieben mit der Gewissheit: wenn die Angst kommt, bin ich schon da. Ich warte auf die Angst, die kommen könnte. Breitbeinig stände ich vor ihr, ich warte auch auf den abendlichen Wind, auf die Abkühlung, ich habe alle Zeit der Welt, auf sie zu warten. Auf die Abkühlung und die Angst. Aber die Angst kam schleichend, sie kam und kam, und dann war sie da im grellsten Sonnenlicht, ich dachte, die Angst, die kommt, würde frösteln machen, aber es blieb gleichmäßig heiß, drückend. Dann saß ich rasch ermüdet auf der Böschung mit ausgestreckten Beinen. Einer der Lastwagen hielt, der Fahrer grinste, wies mit dem Finger auf mich, tippte dann auf den Beifahrersitz aus heißem, verschlissenem Plastik, unter dem die Kapok-Füllung hervorquoll. In allen Sprachen der Welt hieß seine Geste: Komm, Frau! Ich schüttelte den Kopf, der Fahrer sperrte die Augen weit auf, entblößte seine Zähne und sagte: You will. Mich überraschte die fremdsprachliche Mühe, die er sich gab, wo hatte er diese Willensbekundung aufgeschnappt?, ich sah sein kräftiges Gebiss, seine Entschlossenheit bis in die Fingerspitzen. Das war schon viel. Ich antwortete: I will not. Ich war nicht sicher, dass er mich verstanden hatte. Meine Sprache vielleicht nicht, aber meine Körperhaltung, das gewaltsame Zurückdrängen der Angst. Ich sah ihm nicht in die Augen, ich sah auf einen imaginären Punkt zwischen seinen Augen, das war leicht, ein Trick. Er griff nach meinem Unterarm, hielt mich fest, ich riss meinen Arm los, vielmehr: Ich riss nicht, ich drehte ihn ein wenig, schraubte ihn heraus und entfernte ihn so aus der Inbesitznahme. Der Fahrer griff nach meiner Bluse, nach dem schaukelnden Identitätskärtchen an der Brusttasche, las den darauf geschriebenen Namen, meine Nationalität, wiederholte beides langsam mit einer selbstverständlichen Verstümmelung, das war auch ein Trick. Ich ließ ihn lesen, die Verstümmelung war mir gleichgültig, ich hielt aber die Luft an, um mich dünn zu machen, mit der Oberfläche meines Körpers weit weg zu bleiben von der Hand an meiner Bluse. Als er den Ausweis weiter festhielt, zerrte ich daran und riss mich los. (Das Reißen und Zerren ist eher innerlich, eine Projektion des Gerissenseins. In Wirklichkeit war es zu meiner Überraschung ganz leicht.) Ich sagte: No – und ging weiter und sah den Fahrer nicht mehr an. Ich bemühte mich, weder ein empörtes noch ein ängstliches Gesicht zu machen. Eine gesunde Gleichgültigkeit auf der Stirn war besser. Ich ging. Der Lastwagen fuhr langsam neben mir her, der Fahrer hatte die Beifahrertür offengelassen. Ich war auf der Hut, nicht hineingezerrt zu werden. Die Angst kam und kam, blieb eine schleichende, hinter mir herschleichende Angst, langsamer als mein Schritt, langsamer als das Auto, das Schritt fuhr neben mir, dann beschleunigte der Lastwagen, die Angst war plötzlich vor mir, riss mich vorwärts, ich ging mit ihr, sie war bei mir im gleißenden Sonnenlicht und blieb. Der Lastwagen entfernte sich tuckernd. Der Fahrer hupte noch; ich wusste nicht mehr, ob ich gemeint war. Ich schämte mich der Angst hinter der Sonnenbrille, der Schicht von Sonnencreme auf der Haut, der kleinen Sonnenmütze mit der aufgebogenen Krempe, meiner Wasserflasche, der ganzen vernünftigen Inszenierung in Khaki, die mir am Morgen passend erschienen war. Die Ausstattung war unberührt von der Angst, erst gestern aus dem Koffer genommen worden und noch ziemlich frisch, unverschwitzt, das glaubte ich jedenfalls. (Den eigentümlichen Geruch der Angst hatte ich noch nicht wahrgenommen, weder an mir noch an anderen.) Ich gehe durch ein Tal, sage ich zu mir selbst, ein Tal, das eine Furt ist, Herden von Büffeln sind durchgetrieben worden. Horden von Soldaten zogen durch. Der Kriegsherd ist nicht weit von hier. Er wanderte täglich, oder besser: der Herd wurde versetzt auf die

Lastwagen, die die Piste entlangrollen, hin- und hergeschoben, er wurde nach Süden vorgeschoben ins dünn Besiedelte. Da köchelte der Kriegsherd dann ungestört vor sich hin. Seit ein paar Tagen oder Wochen, das wusste niemand so genau, sollte der Kriegsherd ruhen, aber das spürte man gleich in der Luft: Er war noch warm. Ich bin gewarnt worden, ich habe mich selbst gewarnt. Schließen Sie sich einer Kolonne an, *follow me, follow me*, schließen Sie sich einer Kolonne des Roten Kreuzes an, ersetzt durch den Roten Halbmond, auf eigene Gefahr, auf eigene Gefahr, das geht doch nicht, lebenslänglich auf eigene Gefahr, lebenslänglich auf eigene Gefahr, so dröhnte es mir in den Ohren. (Stimmlos.) Nicht auf eigene Faust. Der diesige Sonnenball rollte über die Piste. Schließen Sie auf, schließen Sie sich an. Ich gehe durch ein Tal, Richtung Südost. In der Böschung Getränkedosen und Flaschen und Fetzen von abgeplatztem Gummi, auch zerknüllte Uniformteile, die weggeworfen worden waren. Zigarettenkippen sind in den Sand gebohrt und bilden ein eigentümliches Muster, aber niemand hat Zeit, es anzusehen. Wracks liegengebliebener Fahrzeuge säumen menschlichen Skeletten gleich die Route. Ich gehe durch die flimmernde Hitze an den Lastwagen vorbei, es könnten Militärlastwagen sein, aber die nachlässige, schäbige Ausstattung deutet darauf hin, dass es auch ausrangierte oder *requirierte* Fahrzeuge sind. Man hat mir in der Hafenstadt gesagt, dies sei nun ein Sperrgebiet. Sperrgebiet für wen? Und ich nehme meinen Mut zusammen und sage: Ich lebe ohnehin auf eigene Gefahr. Die Piste ist offen, in jedes Sperrgebiet schlüpft hinein, wer hinein will. Die Lastwagen wirbeln Staub auf, die Motoren röhren, es gibt hier nur die ruppigen Militärlastwagen mit festgezurrten, dunklen Planen, es gibt hier nur das Hupen und Dröhnen der großen Wagen, heruntergekurbelte Fenster, ein Pfiff, wieder ein wildes Hupen, Finger, die nachlässig an einen Mützenrand tippen, ganz unmilitärisch, und die gleichmäßige Hitze. Ich weiß nicht, was unter den Planen ist; es geht mich nichts an; ich habe Angst vor dem, was unter den Planen sein könnte. Hilfsgüter, heißt die offizielle Version, die inoffizielle ist ebenso öffentlich. Die Spatzen pfeifen sie von den Dächern, doch habe ich noch keine Spatzen gehört, die Dächer sind zerschossen, die Hitze und der Staub haben die Vögel stumm gemacht oder vertrieben: in kühlere Länder. Der ganze Landstrich ist ein einziges offenbares, nach Hilfsgütern dürstendes Bedürfnis, festgezurrt auf dem Kontinent, und doch kommt er leicht ins Rutschen, dem Küstenstrich, der Hafenstadt entgegen. Auf keiner Schiffsladung, auf keinem Container steht aufgemalt: *Attention. Weapons.* Nicht auf eigene Faust. Meine Hände beginnen zu schwitzen, meine Achseln und mein Rücken sind im Nu nass, mein bleicher Körper wird mir fremd unter den braunen Körpern, ich schwitze, ich denke: Ich denke nicht auf eigene Faust.

In der Hafenstadt wurden Ladungen von Hilfsgütern dargeboten zu Preisen, die niemand bezahlen konnte, jedenfalls nicht die zerlumpten Menschen, die sich darum drängten und gierig auf die Säcke stierten, sie betatschten, bis die Menge zurückgedrängt wurde von jungen, kräftigen Männern, die die Waren auf dem Markt darboten und sich vermutlich schon selbst daraus bedient hatten. Wütend und schimpfend gingen Frauen, die matte Kinder auf dem Arm trugen, weg. Schaulustige Halbwüchsige nahmen ihre Plätze ein. Ich sah es von einer Bude aus, in der ich ein Glas Tee trank, ich sah es vor mir in der Gasse, ein Schwenk mit der Kamera über eine Ladung Hilfsgüter, Säcke, vermutlich mit Mehl und Milchpulver gefüllt, alles generalstabsmäßig verpackt, und Maisbrei in Dosen auf Paletten und Wasserfilter mit ihren langen Plastikkanülen, die in die staubige Luft stachen. Ich stand an der Bude, trank heißen, dünnen Tee. Niemals Fruchtsäfte, niemals eisgekühlte Getränke, nicht das winzigste Eiswürfelchen auf den Landgängen dieser Reise. Ich hielt mich an die Regeln. (Wenigstens im Praktischen.) Das Verpassen des Schiffes war gegen die Regeln.

Auf einem wackligen Campingtisch war eine karierte Tischdecke drapiert, auf der Tischdecke stand ein tragbarer Fernseher, auch auf ihn war ein Deckchen mit Fransen gelegt, es war ein karminrot und golden besticktes, schönes Stück, übriggeblieben aus einer anderen Zeit. Aus dem Fernseher kam die Nachricht, dass die Hilfsgüter anrollen. Man sah die komfortablen Transporter mit ihren blanken Felgen, in denen nur ein einzelner Fahrer saß, ohne Angst offenbar, so sah es aus. Die Wagen, so hieß es, wurden bevorzugt abgefertigt. Es war nicht schwer, diese Nachricht zu verifizieren. Wenn die Fahrer mit ihren auffälligen Fahrzeugen an den Posten vorbeibrausten, wirkten sie wie Außerirdische. Das abenteuerliche Tempo der Kolonnen ließ den Gedanken aufkommen, es müsse durch den Einsatz der einzelnen Fahrer etwas verhindert werden, was gleich, fast schon zwangsläufig, einträfe, aber was?, also Beeilung, um das Schlimmste zu verhindern, also rasch, rasch.

Es gab auch Bilder, die nicht kommentiert wurden, Bilder, die schnell geschnitten waren, Bilder, auf denen schwarze, schwere Fliegen auf dunklen, toten Augenhöhlen saßen, Körper in Straßenböschungen mit starr verrenkten Gliedern und schwärzlichen Blutflecken auf der verrutschten Kleidung. Aber die Hilfsgüter sind schon unterwegs. Neben mir an der Teebude waren Menschen stehengeblieben, zu denen die Nachricht, die ich doch mit meinen eigenen Ohren gehört hatte, nicht wirklich drang. Dabei hatte der Reporter mit der sicheren und gleichwohl beteiligten Stimme von CNN gesprochen, mit einer routinierten Beteiligung, die in allen Krisengebieten gut ankommt, amerikanisch, aber nicht zu sehr, professionell, aber nicht vorausschauend, jeden Tag konnte die politische Entwicklung auf den Kopf gestellt werden, dann waren die Prognosen in den Wind gesprochen. Besser, man verzichtete ganz auf sie, blieb in einer täglichen, tödlich bedrohten Gegenwart, in der Gewissheit von Ortsnamen und logistischen Maßnahmen. Die Zuschauer vor dem kleinen Campingtisch machten finstere, undurchdringliche Gesichter, ganz anders als die Schaulustigen auf dem Festplatz in der höchstens achtzig Kilometer entfernten Hafenstadt, die jetzt unendlich weit, unerreichbar schien. Die Zuschauer hier zuckten die Schultern, tranken wie ich Tee, der fast nichts kostete und golden im Glas stand. Der Kriegsherd war weit, wie ausgebrannt in diesem fast friedlichen Augenblick. Die Nachrichten hörten sich auf diesem Marktplatz anders an als im Clubraum auf dem Schiff, sie waren zugleich undeutlicher und näher. Der Reporter von CNN stand auf einem kleinen, staubigen Platz, es hätte dieser Platz am Vortag gewesen sein können oder ein Platz in der Nachbarstadt. Nicht nur meine Wahrnehmung hatte sich verändert. Ich hätte die Zuschauer fragen müssen: Glauben Sie, dass hier über Ihr Land berichtet wird? Eine Reportage wie diese war immer anderswo angesiedelt.

Eine Frau schleppte ein großes, totes Huhn an der Bude vorbei, es war ein stolzer Besitz. Sie hatte den Zeigefinger um die Hühnerbeine gekrallt, ganz unten an den Füßen, der Hals des Huhns schlenkerte, die perlartig harten Augen des Huhns waren weit aufgesperrt. Eine andere Frau sprach sie an, griff sie an, schrie auf sie ein. Sie wollte ihr das Huhn entreißen, aber die Besitzerin des Huhns schlug mit dem Tier nach ihr wie mit einer Keule. Ein Mädchen hatte ein dürres Viertel einer Wassermelone an die Brust gepresst, als wäre es ein Säugling.

Es gibt jetzt im Tal keine bettelnden Kinder mehr, keine Kinder mit verstörend klaffenden Nasenlöchern, Polypen-Nasenlöchern. Keine Finger mehr, die anstippen, keine Hände, die eine leere Schale bilden, keine Stimmen, die dazu in einem leiernden Jammerton sprechen, nur noch das Tal, die Piste durch das Tal. Die größeren Kinder träumen vermutlich davon, Kindersoldaten zu werden. Ich gehe durch ein Tal der Angst, aber es ist nicht mehr meine Angst. Meine Angst ist mit den Lastwagen davongefahren, und ich war zufrieden für einen kurzen Augenblick. Straßenschilder und Ortsbezeichnungen sind mit roter Farbe besprüht, um sie unkenntlich zu machen. Das Rote Kreuz oder der Rote Halbmond werden ihre Ziele nur schwer finden, Zeugen sind unerwünscht. Sie werden in die Irre fahren, das kostbare Benzin vergeuden. Alles soll unkenntlich sein, die Lastwagen fahren nach Südwesten, die Hilfsmaßnahmen kommen von Norden, man könnte meinen, die Fahrer der Lastwagen flüchteten vor dem Eintreffen der Hilfsmaßnahmen. Unkenntlich – und die Piste führt in die Irre, in das Leben zwischen den wechselnden Fronten. (Ich verginge sonst vor Angst.) Ich denke an die schütteren Blumenrabatten in der Hafenstadt, den einigermaßen geordneten Kreisverkehr, den die weiß behandschuhten Polizisten mit weißen Helmen auf dem Kopf regelten, sie hatten langsame Bewegungen, als ständen sie unter Drogen, als gäbe es die Nachrichten aus dem Landesinneren nicht, als gäbe es das ganze schweißtreibende, verrottete Land nicht, nur die sorgsam eingetrichterten, behandschuhten Bewegungen, ein Stöckchen, eine Trillerpfeife, die Vortäuschung einer öffentlichen Ordnung, an die niemand glaubt. Als gäbe es keine Angst und keinen Wunsch der älteren Kinder, in den Süden zu gehen, zu den Aufständen in das Unwegsame. Als gäbe es keine Angst. Ich denke an die Hochhäuser aus Beton, die unbeschadet stehengeblieben sind, an die Geschäfte und Buden zur ebener Erde, denen das Obergeschoß weggesprengt wurde, das Dach brannte aus. Eifrig wurden die Buden besucht, auch weil die Häuser keinen Schutz mehr boten. Ich denke an den Ammoniakgeruch, der in den Gassen hängt, die Gassen, die zu den Avenuen führen, waren verstopft und wie verklebt. Auf der Piste geht es nicht weiter.

Ich weiß nicht, was unter den Planen ist. Ich weiß nicht, was in den Köpfen der Fahrer und Beifahrer der Lastwagen vor sich geht. Sie sehen nicht links, sie sehen nicht rechts, das ist gut so, sage ich mir jetzt, sie sehen mich nicht an der linken Straßenseite in dem zerschossenen, rostigen Wartehäuschen sitzen, an dem kein Überlandbus mehr vorbeikommen wird, die Piste gehört den Lastwagen. Die Fahrer konzentrieren sich auf ihre Aufgabe, die kostbare, dunkle Fracht unter den Planen an den Bestimmungsort zu bringen. Die Hunde fallen mir wieder ein, die zurückgelassenen Welpen, meine lebendige Fracht, derer ich mich entledigt hatte. Da fuhren die Lastwagen in Dörfer, die vermutlich nicht mehr existierten oder nur als rauchige, leergebrannte Ruinen, in denen noch ein paar alte Frauen hausten zwischen den morschen Brettern, getrocknete Tränenfurchen im Gesicht, Tränenfurchen, die bis an die Knoten der Kopftücher unter dem Kinn reichten. (Ich stellte mir vor, dass auch die Zipfel der Kopftücher tränennass waren, aber das war zu viel.) Ich hatte, auch bei CNN, eine Sequenz gesehen mit einer aufkreischenden alten Frau, die das Reporterteam in einem verlassenen Dorf gefunden hatte, zitternd und am Rande ihrer Fassungskraft. Sie hatte mit einem mageren Hausschwein in einer Ruine überlebt. Kamen Fremde ins Dorf, umfasste sie den Rüssel des Schweines und drückte ihn zusammen, damit es nicht quiekte. Sie verriet sich aber selbst vor dem Reporterteam durch ihr Schluchzen im Bretterverschlag, so spürte man sie auf, panisch, halbirre mit dem Schwein, eine Sternstunde der Reportage. So hatte es geheißen. Die Frau sprach nicht, sie öffnete den Mund, mit harter Hand hielt sie das Schwein, doch dann kam kein Ton aus ihrem Mund, vermutlich hatte das Team in diesem Augenblick keinen Dolmetscher, was gab es da auch zu dolmetschen, das war niemand, dem man ein Mikrophon vor die Nase hielt, die Frau mit dem Schwein war ein Bild. Und da war die tiefe, beruhigende, kraftvolle Reporterstimme, sie überlagerte das, was die Frau hätte sagen können, ersetzte es. Ihr fremdsprachiges, konsonantenreiches Gestammel, ihre Floskeln des Unglücks, des Ausgesetztseins. Was ihr geschehen war – der Kameramann hatte einen geschulten Blick dafür, im Bildausschnitt die Frau, das Schwein, die Hügel im Hintergrund, ein verdorrter Strauch, vom abendlichen Wind gezaust. Und die Stimme des Reporters hatte die Verzweiflung der alten Frau fest im Griff. Die kahlen Hügel hinauf, wenn die Pisten noch in Ordnung waren, so hieß es weiter, und oben auf den Hügeln trauten sich jetzt mehr und mehr alte Leute vor die Hütten mit einem großen, stummen Wehklagen im Gesicht. Die Stimme des Reporters war angenehm und vertrauenerweckend. Ich hätte nichts dagegen gehabt, sie im Ohr zu haben, sobald ich den Mund öffnete. Ich dachte an die alten Frauen, aber ich dachte auch an die feuchten Schnauzen der Welpen, die umgeknickten weichen Ohren, den leisen, warmen Pfotendruck auf der Hand, die sich ihnen entgegenstreckte. Und die beiden Gedankenstränge, die ja keine Stränge sind, sondern dünne Fäden, waren unentwirrbar miteinander verknäult. Ich gehe durch ein Tal der Angst, baumlos, haltlos, ohne Verkehrszeichen. Meine Identitätskarte ist eingeschweißt in einer kleinen Mappe an der Brusttasche, darunter ein Schwitzfleck, die ganze dürre Landschaft ein Schwitzfleck in der Hitze, ein Schwitzfleck mit salziger Umrandung, an der Ziegen lecken, meckernd lecken. Ich war noch nicht weit genug gekommen, um Nutzen aus dieser Identität zu ziehen; ich war nicht auf Nutzen aus. Ich gehe durch ein Tal der Angst, das jetzt nicht mehr meine Angst ist. Es heißt, alle Ausländer, die noch im Lande sind, werden ausgeflogen, die Konsulate werden tätig, sind schon wieder tätig geworden. Ich lasse die Kolonnen der Lastkraftwagen an mir vorbeifahren, starre in die gleichmäßige Bläue des Himmels, so blau, so blau, so mörderisch blau. Die Rauchsäulen von fern, die Nahaufnahmen, ein Strauch im Hof, ein blässlicher, verwilderter Hund, ein Kind, das auf einem zerbeulten Blechlöffel kaut, all diese Bilder waren schon um die Welt gegangen, aber die Welt war hier, vibrierte in der Hitze, die Hitze schwindelte Bilder hervor, die Angst schwindelte sich selbst hervor, Hundegebell, den pfeifenden Atem, die stillstehende Bestürzung, Himmelsverdunklung durch Rauch. Die Angst fährt nicht auf dieser Piste, sitzt nicht auf den Höhenzügen ringsum, die Angst sitzt in der Bildlichkeit. In der Bildlichkeit, die der sich auflösenden Ordnung gefolgt ist.

7
DIE VERFLÜSSIGUNG

Da war die Stimme wieder, aber sie war jetzt deutlich meine eigene Stimme, ich hatte meine eigene Stimme im Ohr. Meine raue Stimme in der Stille – und sie gefiel mir nicht. Ich muss eine andere Stimme von der Reise zurückgebracht haben. Die letzte fremde Stimme auf der Reise, die ich mit Bewusstsein gehört hatte, sagte: Sie werden ausgeflogen. Das genügte. Man hatte die wenigen Amerikaner und Europäer, die noch im Landesinneren waren, in einer schäbigen Hotelhalle versammelt, man hatte sie buchstäblich aufgelesen. Ein Herr, auch er mit einem kleinen, eingeschweißten Ausweis auf der Brust, aber er trug ihn wie eine leuchtende Würdeform, Schweißflecken auf dem Rücken und ein Film von Feuchtigkeit auf der Stirn, stellte sich als Vertreter einer befreundeten Botschaft vor (befreundet mit wem?), kopfnickend wurde er begrüßt, er machte auch nicht viele Worte. Was er sagte, war vernünftig: Die Gefährdungen seien zu groß, die diplomatischen Vertretungen lehnten hinfort eine weitere Verantwortung ab, zu ihrem eigenen Schutze empfahl er den Zurückgebliebenen dringlich, das Land zu verlassen. Ich schreibe hinfort, aber wenn ich mich recht erinnere, sagte er: *further*. Jedermann könne sich jetzt hier General nennen, vorausgesetzt, es gelinge ihm, durch eigene Initiative eine gewisse Anzahl von Männern in Bewegung zu setzen, nachdem er sie in den ländlichen Gebieten zusammengesucht hat. Wir, die Zurückgebliebenen, nickten. Von Krisenstäben war die Rede, von Kreuzzügen, von der getöteten Vernunft, der geschätzten Zahl der Opfer, von der stummen Botschaft der Gräber, die verstanden wurde, einer Zusammenkunft in einer der Hauptstädte, davon werde man hören. Davon hörte man dann auch. (CNN wusste schon alles, was der Herr von der Botschaft uns sagte.) Die wenigen übriggebliebenen Amerikaner und Europäer, vorwiegend Lehrer mit einem Fünf-Jahres-Vertrag, Ingenieure, Touristen und Touristinnen, Geschäftsleute, Mitarbeiterinnen von Hilfsorganisationen, waren ziemlich schweigsam bei dieser knappen Konferenz, mit sich beschäftigt, sich der Vernünftigkeit der Aktion nicht entziehend. Das Gesetz des Handelns war außer Kraft gesetzt, vermutlich war es in den Bergen zerschossen worden. Zuwiderhandeln war nicht vorgesehen. Alles ging sehr schnell, sollte *reibungslos* geschehen. So war ich ausgeflogen worden mit einer Maschine der gut funktionierenden Fluggesellschaft, mit großartigen Triebwerken, eine vibrierende Kraft bis in die äußersten Spitzen der Tragflächen hinein, das ruhige Steuern durch ein Luftloch und jede in Folie verpackte Mahlzeit drückten gleichermaßen aus: Wir werden das Beste tun, um Sie (den Umständen entsprechend) zufriedenzustellen. Sie werden ausgeflogen. Sie sind angeschnallt, das Schlimmste haben Sie hinter sich. Erstaunlich viel Alkohol aus Taschenfläschchen wurde ausgeschenkt, eine radikale Spülung des angegriffenen Nervensystems, die Fläschchen wurden mit einem leisen Knacken geöffnet, waren rasch gekippt, erzeugten eine innere Hitze, eine unsystematische Fröhlichkeit, die niedergehalten wurde – und dann Schwamm drüber, Stille über den Wolken.

Die Stimme sprach nicht, aber ich fühlte sie. Wie man einen Körper in der Nähe fühlt, ohne ihn noch gesehen zu haben. Es war auch logisch, dass die Stimme nicht laut wurde; ich sprach nicht, mein Sitznachbar im Flugzeug schlief, für die Stewardess genügte ein Lächeln als Dank. Fatalistisch erwartete ich die Stimme. Ich hörte sie in der Erinnerung. Alles war jetzt Erinnerung an die Hafenstadt, an die Ausfallstraße, an wüstenhafte Weiten auf dem Weg nach Süden. Zu gerne hätte ich noch das Fort in den Bergen gesehen, die Ruinen des Palastes des Verhängnisses, wie er genannt wurde, aber wann immer ich jemanden hätte fragen können, mich dorthin zu begleiten, einen Taxifahrer oder einen der grämlich herumlungernden jungen Männer, die sich als Freund, Neffe oder Schwager eines Taxifahrers zu erkennen gaben, hörte ich die Stimme: Halt's Maul. Den Weg ohne *guide* in der Hitze zurückzulegen schien mir zu waghalsig, es war undenkbar, also nicht machbar, finito. So sah ich die Festung nicht, entdeckte aber in einem bizarr verwinkelten Hof eine Schreinerei für Kindersärge, gestapelte Kisten in einem kargen, kränklichen Weiß, zwischen den Kisten und einer an die brüchige Mauer gelehnten Leiter saß ein halbblinder Arbeiter und rollte Lotterielose. Er brabbelte in das Geräusch des Hobelns und Sägens hinein, das junge Männer im hinteren Teil der Werkstatt verursachten. Mit einer triumphalen Lust an der großen Geste warf er die fertig gerollten Lose in einen Korb, mindestens die Hälfte fiel daneben auf den gestampften Lehm. Ich hatte ihm ein Los vom Boden zurück in den Korb gelegt, da sah er mich an, mit dem gesunden und dem milchig verflüssigten Auge zugleich, nickte streng, und in diesem Augenblick hörte ich meine Stimme. Ich muss wieder eine andere Stimme in Liederbach gehört haben und muss eine Stimme in meiner Wohnung zurückgelassen haben, die Stimme aus Liederbach kann es nicht sein. Habe ich dort eine Stimme zurückgelassen, dann müsste ich auch eine Stimme auf dem Schiff zurückgelassen haben, eine Stimme, Welpen, Trinkgeld, eine Vorstellung vom Schaukeln und Geschaukeltwerden, eine Stimme gegen das gleichmäßige Brummen der Schiffsmotoren. Es muss dann auch eine Stimme geben, die in das Knabenpeitschen hineingesprochen hat. (Oder vielmehr: eine, die heftiger, leidenschaftlicher in das Knabenpeitschen hätte hineinsprechen müssen, die die Lust des Zuhörens energisch abgekürzt hätte. So wurde die Lust gesteigert, aber auch die Ungewissheit, was mit ihr anzufangen sei nach dem Akt.) Die Stimme aus Liederbach kann es nicht sein. Die Stimme aus Liederbach dröhnte in mein Ohr, als hätte ich nie die brüllenden Explosionen der Fehlzündungen der Lastwagen gehört. Je mehr ich mich bewege, je häufiger ich den Ort wechsle, umso größer wird der Chor von Stimmen, die ich hinter mir lasse, die ich anziehe, um mit ihnen die nächste Station zu teilen. Herumkommandiert werden oder Kommandieren, Halt's Maul oder: Hör auf, hör auf, mich zu quälen, das konnte nicht mehr die Alternative sein.

Da war ich wieder in meiner eigenen Wohnung, mein eigener Schlüssel hatte die Tür aufgeschlossen. Ich sagte zu mir selbst: Da bist du wieder, eine Heimkehrerin, die ein bisschen fassungslos war. Ich wusste, was die Stimme, wenn sie jetzt kooperativ wäre, sagen müsste. Die Stimme sagte: Hab dich nicht so. Es war eher eine Stimmung. Und ich musste ihr recht geben. Ich packte zuerst meine Notizblöcke aus, ich nahm einen neuen Notizblock zur Hand und schrieb: Ein Mann, der allerhand unvorhergesehene Dinge mitangesehen hat, sagte zu mir: Ich habe Angst vor der Gleichmäßigkeit des Lebens und dem Fehlen unvorhergesehener Dinge. Den Satz hatte ich gefunden, er war brauchbar. Ich öffnete die Jalousien, die Verbindungstüren zwischen den Zimmern, ich wollte einen Überblick, einen Durchblick, keine ängstlichen Ecken und viel Licht bis in die Augenwinkel. Auch die Betten blieben aufgedeckt, helle Plusterwesen, ich sah Schwäne im Zimmer, Lichtgestalten, schwanenweiße Kühle und Kindersärge im Unrat.

Der Koffer war ausgepackt, das Vergnügen, dem Bullauge der Waschmaschine zuzusehen, zögerte ich noch ein wenig hinaus, offene Fenster, offene Türen, auch das Gefühl war ganz offen, wer kommt, der ist's, sagte ich mir. Wer kommt, ist willkommen. Auch der Stimme wollte ich einen prächtigen Empfang bereiten, ich stellte mir so etwas wie ein inneres Medienereignis vor, eine Paraphierung eines ungeschriebenen Vertrags, beschlossen mit einem Händedruck der ehemaligen Gegner, ein Aufatmen nach den Sicherheitsmaßnahmen zum beiderseitigen Besten. Ich sonnte mich in der guten Nachricht. Aber es kam niemand, angekommen war das sanfte Grundrauschen der Stadt, ein Geräusch, das ich fast vergessen hatte, drang in die leere Wohnung, füllte sie an. Man musste die Rückkehr in die Stadt, in der man gelebt hat vor einer Reise, großräumig sehen, *kursorisch*, sonst entginge einem die Schönheit, oder man mäkelte herum an der Traufhöhe, an den zu flachen Fensterlaibungen, mit einem maulend verzogenen Mund suchte man ein Haar in der Suppe. Alles hatte Schwung, mein Haar war frisch gewaschen, es hatte jetzt diesen Schwung wie in Werbespots, man drückte auf die Fernbedienung, da schwenkte eine Frau einen leuchtenden Haarvorhang, eine rieselnde Kaskade, um für ein Shampoo zu werben, so viel Leuchtkraft, so viel Gesundheit, knisternde Spannung im Haar, mein eigenes Haar würde am Abend wieder zusammenfallen. Alles war ja bis jetzt nicht übel gelaufen.

Dann ging ich aus dem Haus. Ganz vorurteilsfrei sah ich das Wetter an, während der Himmel sich bezog. Alles hatte Schwung, die Bordsteinkante lief um die Straßenecke, ein großer, gelber Möbelwagen aus Dresden stand vor dem Haus gegenüber, die Stadt zu wechseln, in eine andere Stadt zu ziehen, war leicht, kinderleicht, so schien es. Möbelpacker in kräftig roten Overalls klatschten in die Hände, betraten das Haus, schönen guten

Morgen allerseits, da war das Kind aus dem Haus gegenüber schon am Fenster, kinderleicht war seine Erregung, das Kind, das mir vor meiner Reise noch wie ein Kleinkind vorgekommen war, mit einem Kiefer voller Mausezähnchen, rief aus dem Fenster eines oberen Stockwerks: Sie kommen, sie kommen!, begeistert über seinen ersten Umzug, dessen Folgen es nicht verstand. Mir kam der Gedanke, dass ich auf der Reise begriffen hatte: massig wirkende Oberkörper können von schusssicheren Westen aufgewölbt sein. Die der schwergewichtigen Männer, die ins Haus gingen, waren es nicht.

Ich kaufte Obst, Brot, Milch und Butter, einfache Sachen, ein Grüßen hin und her, man hat Sie lange nicht gesehen, die Reisezeit, sagte ich, und damit war die Sache erledigt. (Dass ich länger fortgeblieben war, als jede Reisezeit dauerte, dass die Zeit mir reisend verflogen war, dass ich ausgeflogen worden war, dass die Reise in Wirklichkeit keine Reise, sondern eine Einübung in eine reißende Angst gewesen war, das gehörte jetzt nicht an diese Stelle, gehörte nicht an eine blank gewienerte Ladentheke mit den lustigen, sonnengelben *smiley*-Gesichtern, an der Waren, kleine Freundlichkeiten und Kleingeld ausgetauscht wurden.) Die Stimme, ja, ich hörte sie, ich hörte sie so deutlich, dass ich ihre Fremdheit nicht mehr registrierte. Gegen ihren Einbruch glaubte ich gefeit zu sein. Ich hatte Techniken entwickelt, der Bestürzung auszuweichen. Wortkargheit, der Verzicht auf Wortgewandtheit.

Ein handgeschriebenes Schild klebte auf der Innenseite der Tür des Blumenladens und wellte sich leicht. Wegen Trauerfall geschlossen. Ich sah durch die Scheibe haltbare, fleischige Topfpflanzen, aber alles Frische, Verderbliche fehlte im Laden, keine Schnittblumen. Und auch der Hund, der schöne, gefleckte Jagdhund, der aus dem hinteren Raum, in dem die Sträuße gebunden wurden, bellend hervorgestürmt war, fehlte. Ich ging zurück in die Bäckerei, vor mir berieten sich zwei Schulkinder über Schwedenschnitten und Apfelplundertaschen und konnten sich nicht entscheiden. Ich wartete, bis die Verkäuferin sie bedient hatte. Was ist mit dem Blumenladen, wissen Sie, wann er wieder öffnet? Keine Stimme im Ohr. Ich weiß nichts, sagte die Verkäuferin. Der Laden ist schon ziemlich lange zu. Wer könnte es denn wissen? Keine Stimme im Ohr. Wirklich, ich habe keine Ahnung, sagte die Verkäuferin, sie kehrte systematisch Brotkrümel aus dem Regal, das war ihr in diesem Augenblick wichtig, ich hatte ja schon gekauft und würde gewiss kein zweites Brot kaufen. Ich kaufte dann doch ein zweites Brot, wählte geschmäcklerisch, um Zeit zu gewinnen, die aber dann nicht zu nutzen war. Als ich wieder beim Blumenladen vorbeikam, sprach mich eine Kundin an: Wissen Sie, was der Blumenbinderin passiert ist? Nein, sagte ich, ich sehe nur, dass der Laden wegen eines Trauerfalls geschlossen ist. Etwas Furchtbares ist passiert, sagte die Frau und rückte nah an mich heran. Da hatte die Blumenbinderin gerade einen neuen Freund gefunden im Sommer, das ist ja auch nicht selbstverständlich, zu keiner Jahreszeit, ganz wild war sie, die

Gute, Feuer und Flamme und frisch verliebt, stellen Sie sich vor, und dann rafft den Mann ein Fieber weg. Ich sah die Kundin, die so vertraulich redete, verblüfft an, woher wusste sie das, welche Stimme hatte ihr die Geschichte der Blumenhändlerin eingegeben? Hatte sie eine Traueranzeige bekommen? Das tut mir sehr leid, antwortete ich, schrecklich. Und fragte weiter: Weiß man, was es für ein Fieber war? Die Kundin blähte sich auf vor Überlegenheit, und ich kam mir kläglich vor, inkompetent in meinem dezidierten Nichtwissen. Es war diese Pseudo-Überlegenheit, Bescheidwisserei bis in die kleinsten Ecken und Winkel, an der ich teilgenommen hatte und von der ich dann ausgeschlossen worden war, diese Gewissheit über alles und jedes, die es mir vor ein paar Monaten leicht gemacht hatte wegzufahren. (Am Ende hätte ich noch ergiebige Auskünfte über die Stimme in meinem Ohr bekommen, woher sie kam, warum sie sich mich ausgesucht hatte, ausgerechnet, warum, warum, diese Kinderfrage, und wie ich mich verändert hatte unter ihrem Einfluss. Eben das wollte ich nicht wissen, das durfte ich nicht; ich merkte es.) Die Frau hauchte mir ins Gesicht, sperrte die Augen auf in einem geliehenen Schrecken: Es muss ein seltenes Fieber gewesen sein, etwas ziemlich Unbekanntes, Unerforschtes. Ich habe es in der Zeitung gelesen, sagte sie. Hohes Fieber und dann ganz schnell umgekippt. Ich fragte: War es ein tropisches Fieber? Die Frau antwortete: Das weiß ich nicht, eher wohl ein subtropisches. Frisch verliebt, und das war's gewesen. Sie sah mir in die Augen, und ich wich ihrem Blick nicht aus. Ich bedauerte mit ihr die Blumenhändlerin und hatte gleichzeitig einen leisen Verdacht, den ich ohne Umschweife äußerte: Sagen Sie, sind Sie vielleicht die Kundin aus dem Blumengeschäft, die im Frühsommer mit einem Dackel kam, der gerade geworfen hatte? Jetzt sah die Frau mich konsterniert an, und ich musste mich schleunigst korrigieren oder das Gespräch beenden. Es machte mir aber nicht viel aus, wenigstens war ich gelandet. Hier setzte die Stimme ein, ehe sie noch sprach, programmgemäß, spürte ich sie. Ein stechender Schmerz, ich zuckte zusammen. Halt's Maul. Und plötzlich, in diesem Augenblick, war ich einverstanden mit der Stimme, horchte auf sie ohne Angst. So begann es, das Einverständnis, die vernünftige Koexistenz, in diesem Gespräch auf der Straße, ich holte mir meine Erfahrung auf der Straße, das lange Lagern auf dem Diwan, das Eingeschlossensein in der Schiffskabine hatten mich eingeschüchtert, vielleicht war es gar nicht die Stille gewesen, sondern die Abwesenheit von Lärm, die mich die Stille hatte feindlich empfinden lassen. Was war denn schon dabei, dass ich von Zeit zu Zeit ein kräftiges Halt's Maul hörte? Ich sah dem Schaden ins Auge, und sogleich war er nicht mehr so schädlich, ich hörte zu, und es tat nicht mehr so weh.

Einen Dackel?, fragte die Frau zurück und verzog ihren Mund, es wirkte ein bisschen giftig. Einen Dackel, das wär's noch. Ich habe eine Katzenhaarallergie, und ich kann das Hecheln und Jiepern nicht vertragen, egal ob es aus menschlichen oder tierischen Öffnungen kommt. Ich verteidigte mich schlapp: Ich glaubte, Sie zu kennen, entschuldigen Sie bitte. Jetzt zwinkerte die Frau vor Erstaunen. Sie brauchen sich doch nicht zu entschuldigen, dass Sie mich zu kennen glauben, ich rede vorwiegend mit fremden Leuten. Was die, die man kennt, einem antworten, steht ja ohnehin schon fest. Schade, sagte ich, und verabschiedete mich. Dann tat es mir leid, denn im Grunde genommen hatte die Frau ja recht, und es hätte sich gelohnt, mit ihr weiterzusprechen, mit einer Fremden, die die Fremdheit bevorzugte. Meine Überzeugung, dass es leichter mit Fremden zu leben ist als mit vertrauten Menschen, die mich in das Haus, in die Arme des Visitenkartenbesitzers getrieben hatte (und ihn an meine Silberkette), kam mir plötzlich verwandt vor. Einen Augenblick lang fragte ich mich, ob es möglich wäre, mit einer Frau zusammenzuleben, die Jiepern und Hecheln nicht vertragen kann und aus dem Haus geht, um mit fremden Leuten zu reden. Auch das war möglich. Während sich in der Häuslichkeit doch eine leise Vertrautheit entwickelte, während Gewohnheiten sich einschliffen, verließe die Frau die Gemeinsamkeit, redete auf der Straße mit Fremden, mit Gott und der Welt und käme als Fremde, sozusagen unbeschadet, zurück.

Ich hatte mich weiter mit der Frau unterhalten oder vielmehr hatte sie mich in ihren Redestrom hineingezogen, dabei war die Stimme in meinem Ohr nicht wieder aufgetaucht. Ich schloss daraus, dass mich vielleicht die gewohnte Umgebung sicherer gemacht hatte. Ich schloss weiterhin daraus, dass die Stimme nicht einfach auftaucht, wenn ich den Mund aufmache, sondern dass das Hinhören auf eine andere Stimme, ich könnte es auch eine Zuwendung nennen, die Stimme möglicherweise zurückdrängt. Ich dachte wieder an den Hund aus dem Hinterzimmer, der auch ein Freund für die Blumenhändlerin war, anders als der gerade verlorene, nicht recht beerdigungstauglich und nicht recht tauglich für empfindliche Illusionen. Aber immerhin. Ich hätte die gut informierte Frau noch nach dem Berufsstand des Freundes der Blumenbinderin fragen können. War er ein Matrose? Einerseits war ich der Meinung, diese Frage ginge nun wirklich zu weit. Andererseits musste ich vor mir zugeben, das Nachfragen hätte ein ohnehin schon ziemlich langes Gespräch am Laufen gehalten, das gänzlich ungestört durch die Stimme hätte weitergeführt werden können, das hoffte ich nun jedenfalls, als es zu spät war.

Hatte der Freund der Blumenhändlerin das seltene Fieber bekommen, weil er die Meertaufe, der ihn die hitzige Blumenhändlerin unterzogen hatte, schlecht vertrug? War er schon fiebernd ins Meer geschubst worden, und hatte er sich nicht gewehrt? Man möchte ja einem so klaglosen Opfer nicht hinterherschreien, dass es keinesfalls das eigene Opfer hätte sein müssen. Vielleicht, dachte ich, sind Matrosen wegen ihrer niederen, aber doch blendenden Stellung in einer Hierarchie der Seefahrt fast naturwüchsig Opfer, sie wären sonst Admiräle, Deckoffiziere, Lotsen oder zumindest Maschinisten geworden. Mein eigenes Nicht-Wehren gegen die Gewaltsamkeit kam mir schockierend genug vor. Möglicherweise trauerte die Blumenhändlerin gar nicht um ihren Freund, sondern eine Enttäuschung machte sie traurig. Ihre frische Liebe war schnell ein Trauerspiel geworden, deshalb wurde sie von ihr zum Trauerfall erklärt. Ich brach diesen Gedankengang ab. Er passte nicht in das Konzept, ich hätte die Frau weiterreden lassen sollen – mit fremden Leuten, mit mir – und ihr keine inquisitorischen Fragen über einen mysteriösen Todesfall stellen sollen, der sie so wenig anging wie mich. Wegen Trauerfall geschlossen. Vielleicht, dachte ich jetzt, hatte die Stimme in meinem Ohr die gleiche Wirkung wie ein Ventil. Dringt zu wenig an fremden Stimmen ins Ohr, drängt sie das eigene Sprechen zurück mit der sattsam bekannten Formel. Halt's Maul. Nicht also, dass ich den Mund aufmache, um etwas zu sagen, scheint der Auslöser des Überfalls zu sein, sondern die mangelnde Einstellung auf die andere Stimme, auf das Hinhören. Ich hatte mich auf den Verlust meiner Sprachmöglichkeiten konzentriert, aber es konnte auch sein, dass der Verlust meiner Sprachmöglichkeiten nur eine Folge des mangelnden Hinhörens auf eine andere Stimme war. Die Stimme in meinem Ohr, die Halt's Maul sagte, war dann ein Korrelat zur Verschlossenheit. Das daraus folgende Schweigen war nicht hervorgerufen durch die einschüchternde Stimme. Die Behinderung trat ein durch eine mangelnde Beweglichkeit im Zu- und Hinhören. Ich hatte, glaubte ich jetzt, auf beschämende Weise Ursache und Folge gründlich vertauscht. Zu meinem eigenen Schaden. Ein wenig Höflichkeit, nach dem ersehnten, erreichten Waffenstillstand schwebten mir *zivile Formen* vor. So ähnlich, versuchte ich mich zu erinnern, war es doch, als plötzlich Charles Aznavour auf der Gartenbank saß und ich ihm den bequemeren Platz im Haus anbot.

Ich stellte mir die Koexistenz eher wie ein Standhalten vor, eine Einübung in eine wie immer geartete Normalität. Alles in allem kommt es darauf an, Spielregeln einzuhalten, Konfrontationen zu vermeiden. Ich werde der Stimme keine Gewalt antun und will auch nicht von ihrem Dröhnen gewaltsam an ihre Existenz erinnert werden, das schwor ich mir. *Die stumme Botschaft der Gräber*, dieser Begriff kam mir wieder in den Sinn. Wenn ich die Stimme bekämpfte, sie zum Feind erklärte in meinem eigenen Ohr, dann war ich in der Tat nicht mehr Herrin im Haus, hatte ich Tür und Tor geöffnet dem Übergriff. Bliebe die Tür aber offen, dann gäbe es keinen Eindringling, sondern möglicherweise einen Gast mit allen Rechten und Pflichten eines Gastes, ein wenig Anpassungsfähigkeit erwartete ich nun von der Stimme in meinem Ohr. Gib der Stimme Raum, und du hast selbst Raum, sagte ich mir und warf mir meinen Mangel an Großzügigkeit vor. Der Schallraum verdoppelt sich, während du hineinhörst. Alles war sonnenklar in diesem Augenblick, die Erleichterung, im Vertrauten zu sein, der gute Vorsatz einer auskömmlichen Existenz mit der Stimme, einer Koexistenz. Keine Widerrede, kein Protest, sondern ein vernünftiges, wenn auch im Einzelfall strittiges, doch duldsames Miteinander. Quäl mich nicht, dann werde ich dir auch nicht auf die Nerven gehen. Ich sprach schon mit der Stimme und war ein bisschen beschämt über meinen plötzlichen Eifer, dabei hatte ich mir vorgenommen, mit ihr zu verhandeln.

So viel Impetus am frühen Morgen. Blätter des leuchtend roten Wilden Weins protzten auf einer Hauswand, die Schilder der Arzt- und Rechtsanwaltspraxen waren in Augenhöhe auf den Hauswänden angebracht, sehr blanke Autos rutschten in die Parklücken: Eines hatte einen Aufkleber *Sponsored by Papa* und sah nicht anders aus als die ohne väterliche Hilfe finanzierten. Der Tag war metallisch hell, ein Tag ohne Lackschäden mit einer fußgänger- und autogerechten Ordnung. Die Stadt lief wie am Schnürchen. Ein mittelständisch proper wirkendes Mädchen mit einem kleinen Rucksack ging vorbei. Plötzlich, kurz vor mir, beugte es sich über den Papierkorb, ich dachte, es muss ihr schlecht sein, sie muss sich erbrechen, und wie höflich, wie rücksichtsvoll, dass sie die große Lache auf dem Bürgersteig, gerade zwei Schritte vor mir, zu vermeiden sucht. Ich überholte das Mädchen. Es spuckte in diesem Augenblick einen Kaugummi in den Papierkorb, und dann ging es weiter mit der Würde eines wohlanständigen Mädchens, das seine Bürgerpflicht erfüllt hat, die Vermeidung von Unrat im öffentlichen Raum.

Silberne Münzen rutschten in den oberen Schlitz des Parkautomaten, leise schob sich der Parkschein aus der unteren Öffnung. Die Kehrmaschinen mussten schon am frühen Morgen unterwegs gewesen sein, kein Bon-

bonpapier, keine zerknüllten Strumpfhosen im Rinnstein, kein Hundehaufen, ein einsamer Trinker hatte zwei leere Taschenfläschchen Schnaps ordentlich in den Mulch, der einen Straßenbaum umgab, gesteckt; ich bewunderte den rührenden Ordnungssinn in der Entgleisung. Und da war der knallblau markierte Eingang zur U-Bahn-Station. Allein diesen wiederzusehen und die Zeitungsbude daneben, war schon eine Heimkehr wert. Große Schwärme von nett gekleideten jungen Frauen, überaus munter auf dem Weg zu ihren Reisebüros und Bankfilialen, fluteten bei Grün über die Kreuzung, in Kostümchen oder gut gebügelten Hosen, eine klare Lösung, sie sammelten sich wieder bei Rot und überquerten die Straße bei Grün. Im Frühsommer war ich auch noch in ein Büro gegangen, ein wenig höherrangig schien das Büro zu sein, dann stürzte es ab, dann war ich freigesetzt worden, meine geschätzte Arbeit war zu Ende, zum allgemeinen Bedauern, an das ich nicht wirklich glaubte. Man wünschte mir viel Glück, ich konnte den Verlust meiner Arbeit nur als mittleres Unglück ansehen (ein großes daraus zu machen schien mir bedenklich) und dankte für die guten Wünsche. Meine adretten Kostümchen brachte ich in einen Second-hand-Laden, die Leere in meinem Kleiderschrank, die Leere in meinen Empfindungen, die beschäftigungslosen Tage taten mir wohl. Irgendwann war dann die Stimme in meinem Ohr gewesen. Halt's Maul. Es schien mir eine angemessene Aufgabe zu sein, der Stimme standzuhalten. Zorn als Ergebnis von Schmerz. Ich wusste dann nicht weiter, saß herum, nun in der Stille doch gepeinigt von der Stimme. Kurz danach war ich zu der Reise aufgebrochen.

Mein Schritt war jetzt beflügelt, das feine Tröpfeln in der Luft, das vor ein paar Minuten begonnen hatte, störte mich nicht. Ich nahm mir vor, besser hinzuhören, aber dieser Vorsatz, wie alle Vorsätze, die keine Nachsätze haben, hing in der Luft. Mir fiel das Wort *Sprengsatz* ein, das hier nicht am Platz war. Vielleicht hatte auch das Mädchen, das den Kaugummi so sorgsam in den Papierkorb gespuckt hatte, etwas gesagt, und ich hatte es aus Furcht, die Stimme zu hören, überhört. Die Welt, soweit ich sie wahrnahm und bruchstückweise begreifen konnte, kam mir jetzt, während ich mit den zwei Broten unter dem Arm die Allee entlangging, wie ein einziger Klangraum vor, wie der Innenraum eines alle Aufmerksamkeit erfordernden Luftgebäudes. Das war nicht sorgsam formuliert, aber es genügte einstweilen. Sie kommen, sie kommen, hatte das Kind den Möbelwagen mit den Packern begrüßt. Es war mir ganz selbstverständlich, der freudigen Aufregung zuzuhören, ohne an ihr teilzuhaben. Vielleicht hatte das Kind noch viel mehr gesagt über die große Veränderung in seinem winzigen Leben, und vielleicht war den Möbelpackern eine unerfindliche Antwort eingefallen, die ich jetzt gerne auf das Papier brächte.

Ich holte die Post ab, einen stattlichen Berg, der rasch abgetragen werden wollte. Unter der Post fiel mir ein Umschlag mit dem Absender einer mir unbekannten Rechtsanwaltskanzlei auf. Diesen Brief legte ich beiseite.

Um ihn zu öffnen, brauchte ich jetzt eine stirnrunzelbereite Stirn. Ich hatte nicht einmal bei meinem Ausscheiden, besser: Ausgeschiedenwerden aus meiner Firma einen Rechtsanwaltsbrief vor Augen gehabt. Ich hatte noch viel vor; eigentlich. Ich wollte nach Moskau telefonieren, aber ich bekam keine Verbindung. Ich hörte meine Stimme Hallo, hallo ins Telefon rufen und war still, als es in der Muschel zu tuten begann. Ich wählte wieder, rief in das Knacken der Leitung und horchte in den Luftraum. Ich stellte mir vor, wie das Gas strömte, während ich wartete, das Gas in den Hohlräumen der Erdkruste, wie es verflüssigt wurde, unterirdisch in den Pipelines, ein dauerndes Fließen, Rieseln, Rauschen, es unterhöhlte die Landschaft, es unterjochte Erdbuckel und Wäldchen, durchzog die Steppe, schnitt durch Flusstäler von gewaltigem Ausmaß, vereist im Frühjahr, sumpfig im Sommer und jetzt vielleicht schon wieder von einer silbrigen Eiskruste bedeckt, ich hörte das mächtige Rauschen des Gases, als ich die Telefonmuschel ans Ohr drückte, ich glaubte es zu hören, das Gas, der verflüssigte Bodenschatz pochte in den Röhren, Einspeisepunkt und Ausspeisepunkt in langen Listen vermerkt, die Röhren kreuzten sich an geheimen Orten nach strategischen Lageplänen, unterquerten Eisenbahntrassen, Brücken, Pisten und blieben auffindbar in der Nähe von Überlandstraßen, die schlammig und schlittrig wurden im Herbst beim ersten Frost. Das Gas pulsierte, atmete unterirdisch in den Röhren, Ingenieure hüteten die Pläne mit einem kultischen Berufseifer, unberechtigte Personen oder Personengruppen versuchten, die Röhren anzuzapfen. Das musste ein kleiner Kriminalroman für sich sein. Hochdruckgas, in Verdichteranlagen auf einen Druck bis zu 64 bar verdichtet, wodurch die zum Transport nötige Energie und die hohe Speicherkapazität der Rohrleitungen erreicht wird, so hatte es mir der Visitenkartenbesitzer erklärt an einem der ersten Abende in seinem Haus, als er lange genug auf den blauen Bildschirm gestarrt hatte und als ich spät in der Nacht von dem lodengrünen Diwan hinuntergestiegen und zu ihm gekommen war. Ich hatte ihn von hinten auf seinem häuslichen Bürostuhl umarmt, und er hatte sein Gerät ausgeschaltet. Neben den Rohrleistungen dienten zur Deckung kurzfristiger Bedarfsspitzen früher einmal die auf den Kokereien aufgestellten Gasbehälter und die in der Nähe der Verbraucher eingesetzten Kugelgasbehälter, man wohnte nicht gerne in der Nähe eines solchen Gasbehälters, es waren immer schäbige, altmodische Wohngegenden an Bahntrassen, auf abschüssigen, aufgegebenen Industriegebieten, ein bisschen Furcht, Unbehagen zumindest, begründet oder nicht, war beim Gasverbrauch dabei. Ich hatte den Visitenkartenbesitzer gefragt, ob das Gas seine erste Wahl gewesen sei oder ob er lieber für ein Unternehmen arbeite, das mit einem sichtbareren Gegenstand handele. Doch, hatte der Visitenkartenbesitzer gesagt, ich mag den Gasmarkt, alles ist darin im Fluss. Daran dachte ich jetzt und versuchte, den Gasgeruch aus der Telefonmuschel zu saugen, es gelang natürlich nicht, aber die Erinnerung war stark, als hätte auch der Visitenkartenbesitzer einen schwachen Gasgeruch ausgeströmt, wie andere Menschen, plötzlich, wenn man sie küsst, nach Bitterschokolade oder nach Zimt riechen, so täuschen sich die Sinne in Erwartung einer Stimulation. Ich stellte mir das strömende Gas vor, geruchlos, geschmacklos in den Leitungen, ein weites Strömen, Rieseln, Rauschen, Pochen, seine gerichtete Ortlosigkeit, so sinnlich hatte ich die Beschäftigung mit dieser Materie nie empfunden wie in diesem Augenblick, in dem ich wartete, wartete mit dem Hörer in der Hand. Hallo, hallo, das war zu schlicht gesagt, zu schlicht erhofft.

Ich wünschte mir einen weitschweifigeren Wortschatz, eine Einlässlichkeit, eine Anrede, zugeschnitten auf die Situation des Heimkehrens – in aller Unschuld des Hörens. Ich hörte die Stimme wieder, Halt's Maul, ich hörte sie, hielt dagegen, ließ ihr Raum, es war wie ein tiefes Durchatmen. Ich versuchte es wieder und wieder. Die Fingerkuppe meines Zeigefingers klebte auf der Wiederholungstaste. Ich dachte jetzt in der freundlichsten Absicht an den Visitenkartenbesitzer. Ich merkte, dass ich nicht mehr *Visitenkartenbesitzer* vor mir selbst sagte, wenn ich an ihn dachte, sondern einen Vornamen benutzte, er wollte, er ist. Er wollte, dass ich bei ihm war. Er fragte nicht, und ich schuldete ihm keine Antwort. Er hatte nicht einmal nach der Zeit gefragt, die ich nach dem Verpassen des Schiffes, auf dem ich ihm aufgefallen war und er mir nicht, verbracht hatte. Ja, ich hatte nicht einmal ein feines Liebäugeln auf dem Deck bemerkt, das mir gegolten haben könnte. Ich fand ihn viel klüger, viel besonnener, verwischter in seinen Absichten, denen ich zunächst nur einen Hunger nach einer unternehmerischen Übernahme meiner Person unterstellt hatte. (Eine Wahrnehmung meiner angeschlagenen Strategie, einer zur Fälschung offenliegenden Bilanz.) Nicht die geringste Ungeduld hatte meiner Unverständigkeit entgegengestanden. Wie rasch hatte ich mich binden lassen in einer tagtäglichen Ordnung. Ich wünschte mir nun einen ebenso planmäßigen Umgang mit der Stimme. Eine Gewissheit des austarierten Wechsels zwischen Aktion und Reaktion. Ich müsste meine Redeformen nicht mehr aufs Äußerste reduzieren, mir das Wort verbieten, damit es mir nicht verboten würde im Nachhinein. Ich könnte Fragen stellen ins Ungefähre, suggestiv, eine Frage-Energie entwickeln, wie ich sie zuletzt aufgebracht hatte, als ich den Mann nach dem Tupfenkleid ausfragte (mit fragwürdigem Ergebnis). Ich spräche und ließe eine förmliche Kunstpause, die die Stimme füllte ganz nach ihrer Eigenart. Die Stimme steht mir bei, sie ist das höflichere Echo des Ungesagten. Ja, während ich die Fenster schloss, es hatte stärker zu regnen begonnen, freute ich mich auf die kürzer werdenden Tage und das Geräusch des Vertrauten, nichts würde mehr erschüttern, ich wäre den Gegenständen und den Geräuschen gewachsen, während ich im Frühsommer vor ihnen geflohen war. Ich belud nun doch die Waschmaschine.

Schließlich wählte ich wieder die Moskauer Nummer, wartete, ließ es tuten und tuten. Eine Frauenstimme meldete sich, eine tiefe, warme Frauenstimme, ich sagte meinen Namen, sie sagte etwas auf Russisch, das ich nicht verstand, ich sagte meinen Namen wieder, sie sagte wieder etwas auf Russisch, ich nannte den Namen des Visitenkartenbesitzers, sie wiederholte den Namen des Visitenkartenbesitzers, ich war an der richtigen Adresse, es kam mir vor, als hätte ihre Stimme jetzt einen gurrenden Klang, eine slawische Taubenhaftigkeit, sie wiederholte noch einmal den Namen, ich sagte in allen möglichen Sprachen Ja, ja, bitte, sie sagte den Namen wieder, jetzt schien ihre tiefe Stimme zu lächeln, hellte sich ein wenig auf, wir sagten beide den gleichen Namen in die Telefonmuschel, und dazwischen war nichts, viel Wind, viel Entfernung, ein weiches Grundrauschen, ein vermeintliches Summen des Netzes, ich ließ es mich etwas kosten, in den Raum zwischen Moskau und meiner Stadt zu lauschen, weißes Rauschen, das bunt geworden war, ich sagte wieder Bitte in allen möglichen Sprachen, sie sagte den Namen des Visitenkartenbesitzers und dann auf Deutsch Ja, ja, ich sagte auch Ja und musste fast weinen dabei, ich versuchte mir die Russin am Telefon vorzustellen, ihr aufmerksames Ohr, ihre gespitzten Lippen, mit denen sie immer wieder den gleichen Namen wiederholte, den ich aus ihren Lippen sog. Wie auf einem Tablett reichten wir uns den Namen weiter durch den Äther, drahtlos schwebte der Name weiter nach Osten und schoss in den Westen zurück, ich wusste nicht genau, wieviel Zeit vergangen war, es verging Zeit, zweifellos, aber auch Zeit blieb stehen, eine Strömungszeit, eine Zeit des Einatmens, und dann wurde der Name des

Mannes ausgeatmet, in die Muschel hinein. Ich nahm mich ganz deutlich wahr als eine Figur, die Hallo, hallo in eine Muschel rief, eine etwas lächerliche Figur, Hallo, hallo, und die darauf eine Antwort erwartete, eine redliche Auskunft. Ich nahm die Person am anderen Ende der Leitung wahr, und ich nahm mich wieder wahr, ich nahm auch die Entfernung wahr zwischen Menschen und Gegenständen. Ich verstand die Russin, obwohl ich ihre Sprache nicht verstand. Ich sagte den Namen noch einmal, jetzt fragend, bittend, ja, insistierend, und sie nahm meinen Ton auf, nahm ihn ganz unbefangen auf, als hätte sie nie etwas anderes getan, als mit einer fremden Frau am Telefon für sehr viel Geld einen Namen hin- und hergeschoben, gewälzt, ihn zelebriert wie eine gerade erfundene Kostbarkeit. Ich wusste plötzlich, diese Frau, deren Sprache ich nicht verstand und die mich doch gut verstand, so wie ich sie verstand in meiner Verständnislosigkeit, würde nach Liederbach kommen, ihre warme, dunkle Stimme wärmte das Haus im Winter, ihre Stimme knisterte, sie bliebe, solange der Visitenkartenbesitzer das wollte, solange sie die Gemeinsamkeit aushielte, sie hatte seinen flehentlichen Blick schon aufgefangen. Ich sagte danke und legte den Hörer auf.

Hingesenkt ein träumend Ohr den Melodien, die im Innern sind. Das war die Stimme, ich glaubte, sie lange genug zu kennen. Aber man rechtet nicht mit der eigenen Stimme, man rechtet nicht, so wenig wie mit den Blätterhaufen rund ums Haus im Herbst, man rechtet nicht mit den blauen Folien, die eine Baustelle rundherum einhüllen, *verpacken*. Nicht mit dem Wind, der sich darin verfängt. Man rechtet nicht mit der Gewissheit, Stopp sagen zu können, mit der Stimme aus dem eigenen Mund, mit einer Stimme, die klar und deutlich artikuliert. Jetzt ist aber Schluss. Jetzt werden wir uns mit Anstand zurückziehen.

Ich stellte mir vor, was für ein Kleidungsstück die Russin in den blauen Schrank neben das Tupfenkleid hängen würde. Vielleicht hängte die Russin ein etwas verbeultes, eng geschnittenes Kleid in einem erdigen Farbton daneben, das für Moskau gerade richtig war, aber in Liederbach nicht passend. Und vielleicht nähme sie dann meinen weiten, gefälteten Rock aus dem Schrank, den ich in der Eile des Aufbruchs hatte hängen lassen, seine Zeit war auf dem Diwan abgelaufen. Vielleicht prüfte die Russin den Stoff und die Größe und überlegte, was für einen Frau ihn getragen haben könnte. Vielleicht sah sie auch im Gegensatz zu mir mit einem einzigen Blick, dass die Tupfen auf dem Tupfenkleid Blutspritzer waren.

Gedankenlos goss ich Milch in ein Glas und trank, gedankenlos schlitzte ich den Briefumschlag der Anwaltskanzlei auf. Es wurde mir verboten, einen bestimmten Namen, den ich unrechtmäßig in Anspruch genommen hatte, weiter zu benutzen; eine Strafe wurde mir bei Zuwiderhandlung in Aussicht gestellt. Ein Revers war beigefügt, auf dem ich mein Einverständnis mit dieser Maßnahme schriftlich bestätigen sollte. Ich hatte nichts dagegen, einen gewissen Namen nicht weiter zu benutzen. Man hätte mir auch meinen eigenen Namen verbieten können. Ich unterschrieb und wollte die Sache vergessen. Es gelang aber nicht. Der Mann hatte mir seinen Namen entziehen lassen, nun gut, das war sein Recht, nachdem er mir ein Recht über seinen Körper eingeräumt hatte. Ich war nach Liederbach gekommen in der Hoffnung, es nützte mir ein bisschen, und es hat auch genützt. Noch einmal nahm ich meinen Notizblock zur Hand und schrieb: Ich wollte nach Moskau telefonieren, aber ich bekam keine Verbindung. Schließlich wollte ich der Geschichte eine andere Wendung geben; es schien mir verwerflich. Ich hatte nicht mal die Visitenkarten mit dem Namen des Visitenkartenbesitzers (jetzt musste ich ihn doch wieder so nennen) in meinen Koffer gesteckt. Wahrscheinlich hatte Olaf sie in dem kleinen Zimmer mit dem hohen Diwan auf der Fensterbank gefunden. Vielleicht auch schon meinen gefältelten Rock im blauen Schrank. Vielleicht hatte auch die Lehrerin nach Rücksprache Alarm geschlagen. Der Anwaltsbrief verwendete die Formel *Missbrauch.* Ich hatte eher die Vorstellung, ich war im Hause des Visitenkartenbesitzers gebraucht worden, sein flehentlicher Blick brauchte mich, die für ihn allein zu großen Räume, selbst das kleine Zimmer mit dem Diwan brauchte mich, so war es mir vorgekommen. Bald würde die Russin gebraucht. Der Regen war aus einem sanften Fließen zu einem immer noch warmen, nassen Vorhang geworden, der Herbst riss die Blätter von den Bäumen, das Laub bildete auf der Straße schnell einen schmierigen Film, die am Morgen sorgsam geputzten Rinnsteine verschmutzten im Nu. Ich sah aus dem Fenster, es war so viel Landschaft durch meine Augen gegangen, dass ich das gegenüberliegende Haus kaum wahrnahm, wieder sah ich aus dem Fenster, es war schon viel Zeit verstrichen, die Möbelpacker schlossen die Ladefläche des Wagens und fuhren los.

ACHSE DER ACHTSAMKEIT

Nachwort von Antje Rávik Strubel

Bevor ich Ursula Krechel persönlich begegnete, hatte ich von ihr gehört. Ende der 1990er Jahre, als ich gerade begann, mich im damals noch sehr westdeutschen, männlich ausgerichteten Literaturbetrieb zu orientieren, erzählte eine junge, noch unveröffentlichte Lyrikerin, Ursula Krechel habe sie unter ihre Fittiche genommen. Das war in mehrerlei Hinsicht bemerkenswert. Zum einen war die junge Lyrikerin noch unbekannter als ich, zum anderen war eher selten zu hören, dass eine ältere Autorin eine jüngere förderte. Wenn, dann waren mir bisher männliche Förderer untergekommen, die zuweilen gern gerade junge Frauen förderten, wobei nicht immer die Texte den Ausschlag gaben. Krechel, so die junge Lyrikerin, nehme sich die Zeit, mit ihr an ihren Gedichten zu arbeiten. Ich beschloss, mir den Namen zu merken. Unsere Begegnung fand einige Jahre später statt und war so flüchtig, dass ich mich an Einzelheiten kaum erinnere. Es wird irgendein Empfang zu irgendeinem Anlass gewesen sein, aber ich erinnere mich gut, dass Ursula Krechel auf mich zukam, mich direkt ansteuerte und bat, mich doch bei der Villa Aurora um ein Stipendium zu bewerben. Über meinem Erstaunen, von ihr gekannt zu werden, hatte sie sich schon wieder verabschiedet, mit dieser diskreten Zurückhaltung, die ich später noch oft an ihr bemerken würde. Ich bewarb mich – und bekam drei der schönsten Monate zum Arbeiten geschenkt, die ich je an einem anderen Ort verbracht habe. Ursula Krechel war in jenem Jahr in der Jury.

Ich erzähle Ihnen das nicht nur, weil Ursula Krechel zu den Autorinnen ihrer Generation gehört, die tatsächlich auf Jüngere wie mich ein achtsames Auge werfen, oder weil sie sich intensiv mit unseren Vorgängerinnen und Vordenkerinnen auseinandergesetzt hat, in *Stark und leise* etwa, ihrem Essayband über Schriftstellerinnen und Künstlerinnen. Ich erzähle Ihnen das vor allem, weil die Veröffentlichung der Erzählung *Der Übergriff* in jene Zeit Anfang des neuen Jahrtausends fiel und die Kritiken zu diesem erstaunlichen Text allesamt bemerkenswert ratlos waren. Niemand schien so recht etwas damit anfangen zu können. Frauke Meyer-Gosaus Einschätzung in der NZZ, es handele sich um die »heitere Beschreibung einer Persönlichkeitsentgleisung« gehört noch zu den fantasievolleren Interpretationen. Warum schrak niemand bei diesem donnernd gesetzten Anfang auf? »Halt's Maul!«, bekommt ausgerechnet die Erzählerin schon nach ihrem ersten Satz zu hören. Die Diskrepanz zwischen dieser grob-ordinären Anweisung und der leisen, wachen Wahrnehmungs-und Formulierlust der Erzählerin wirkt wie ein Fanal.

Nun ist es nicht so, dass sich Ursula Krechels famose Erzählung heute wie von selbst vollkommen erschließt.

Ihre mit poetischer Strenge und lyrischer Sensibilität erzählte Geschichte einer Übergriffigkeit eröffnet dem heutigen Bewusstsein jedoch stärkere Resonanzräume als noch vor zwanzig Jahren.

Die Ich-Erzählerin, könnte man zunächst vermuten, ist eine skrupulöse Kritikerin ihrer selbst, die jede Äußerung einer strengen inneren Zensorin vorlegt, ehe sie getätigt wird. Dahinter, ließe sich weiter mutmaßen, steckt eine Achtsamkeit im Sprechen, die in jüngster Zeit wieder etwas aus der Mode gekommen ist und durchaus ein Revival verdient hat. Allerdings wird der Erzählerin, das stellt sich schnell heraus, brutal der Mund verboten. Wie eine Ohrfeige, schreibt Krechel, fühle es sich an. Und nicht nur das. Die Erzählerin kann weder ergründen, woher die Stimme kommt, noch, wann sie »geohrfeigt« wird, welche Äußerungen ihr also verboten sind und welche nicht. Eine Unwägbarkeit, eine Beliebigkeit stecken in dieser Gewaltausübung, wie sie totalitären Regimen zueigen ist. Nun gehören weder der Wohnort der Ich-Erzählerin noch das Schiff, mit dem sie unterwegs ist, und auch nicht Liederbach, dieser seltsame Ort mit dem sprechenden Namen, wo sie vorübergehend im Haus des Visitenkartenbesitzers wohnt, zu einer totalitären Gesellschaft. Die Stimme selbst jedoch ist autoritär. Sie ist gewaltsam reglementierend und repressiv. Sie setzt die Ich-Erzählerin in jeder möglichen Situation unter Druck, so dass sie kaum in der Lage ist, mit ihrer Umwelt zu interagieren. Sie geht zwar als hochempfindsame Beobachterin durch die Welt, bleibt aber seltsam unbeteiligt. So wenig sie sich selbst engagierend ins Leben einmischt, so wenig scheinen die anderen zu ihr durchzudringen. Aber wer keine Stimme hat, wird auch schwerlich einen Dialog führen und zu anderen in Beziehung treten können. Und so steht schließlich auch die eigene Existenz in Frage.

Bemerkenswerterweise ist diese autoritäre Stimme, abgesehen von ihrer vulgären Ausdrucksweise, jedoch nichts Besonderes. Sie sei eine gewöhnlich laute Stimme, heißt es, und zu überhören ist sie nur, wenn die Erzählerin »sich sehr sehr anstrengt«. Sie ist so normal, dass sie, um zu wirken, nicht einmal laut zu werden braucht. Das Resultat: Die Erzählerin hat sich »angewöhnt, den Mund nicht mehr so häufig wir früher und nicht mehr so unüberlegt zu öffnen«, pflegt einen »gnädig diplomatischen Umgang« mit der Stimme, taktiert, statt sie energisch zum Schweigen zu bringen. Kein entschlossener Protest; der erscheint der Erzählerin »närrisch«. Dabei steckt das Närrische, die »Tollheit«, ja nicht im Protest gegen das Sprechverbot, sondern vielmehr darin, dass überhaupt jemand jemandem den Mund zu verbieten wagt. Jemand Unsichtbares, dessen Sprachgewalt offenbar keine am Körper sichtbaren Spuren hinterlässt. Dass dieses machtvolle Verbot obendrein als etwas vollkommen Gewöhnliches erscheint; das ist doch die eigentliche Tollheit. Bis in kleinste Verästelungen spürt Ursula Krechel hier den Konsequenzen nach, die ein solches Verbot für diejenigen hat, die auf diese oder jene Weise zu hören bekommen, dass sie nichts zu sagen haben. Wer aber hat das Sagen, wenn die Ich-Erzählerin es nicht einmal in ihrem eigenen Text hat?

Nun ist das Beeindruckende an dieser Erzählung gerade ihre zurückgenommene Gangart. Die Ich-Erzählerin ist eine reflektierte, vorsichtige, nachdenkliche Person, eine, die schreibt, die also einen aufmerksamen Umgang mit Worten pflegt. Redeweisen leuchten in ihrer Wortwörtlichkeit auf, Mehrdeutigkeiten in ihrer Komik. Nichts Lautes, Gewaltsames, Brutales kommt zur Sprache, sondern achtsam ausgewählte Details, die Landschaften und Vorgänge in anschauliche Bilder bringen, obwohl doch die Sätze oder der Raum hinter den Sätzen vor Gewalt nur so vibrieren. Erzählt wird nicht das Rohe, das Offensichtliche. Krechel spürt mit unbestechlicher poetischer Sorgfalt den Schwingungen nach, mit denen sich verschiedenste Formen von Gewalt ausbreiten und noch im banalsten Gespräch allgegenwärtig sind, wie sie sich leise und bedrohlich unter die Menschen mischen, ihr Verhältnis zueinander regeln und ähnliche Langzeitwirkungen haben wie dieser Text auf uns.

Nicht von ungefähr ist der Visitenkartenbesitzer, dieser vorübergehende Begleiter – man mag kaum »Geliebter« sagen –, im Gasgeschäft tätig. Denn die Gewalt, um die es hier geht, ist wie Gas. Sie ist schwer auszumachen, unsichtbar und geruchlos, sie scheint aus dem Nichts zu kommen, keinen konkreten Verursacher zu haben, der dafür verantwortlich gemacht werden könnte, zeigt aber »in allen Sprechakten … ihre Wirkung« und wird von

Ritualen am Leben gehalten; nicht nur von eindeutig brutalen, sondern besonders auch von den scheinbar kleinen, alltäglichen Gesten, eingeübten Sprechpraktiken, von Ratschlägen, Redeweisen, Geschwätz und dummen Sprüchen. (Bezeichnenderweise schreibt Ursula Krechel an anderer Stelle, in einem Essay über einen Kneipenbesuch mit Rolf Dieter Brinkmann: »In der Kneipe fürchtete ich mich vor Dampfwalzen, machtvollem Reden, ja überhaupt vor Macht, Übermächtigkeit.«)

Für die offene Einübung in körperliche Gewalt steht in der Erzählung das »Knabenpeitschen«, ein Vorgang, dessen Brutalität in den Mantel der Harmlosigkeit gehüllt werden muss, um überhaupt gesellschaftsfähig zu sein, wie das häufig der Fall ist bei gemeinschaftlich akzeptierten Gewaltexzessen, seien es schlagende Verbindungen, Neptunfeste oder Junggesellenabschiede, um nur ein paar zu nennen. Das Schlagen durchzieht die Erzählung wie ein roter Faden und scheint ganz gewöhnlich, alltäglich zu sein, niemand regt sich darüber auf, und zur Not wird die bloße Erwähnung mit einem Witz beiseitegewischt, bagatellisiert. Die »Scholtenmädchen« werden von ihrem Vater verprügelt, das »Knabenpeitschen« ist durchs offene Fenster zu hören als deutlichste Form dessen, was als Reproduktion von Herrschaftsstrukturen bezeichnet werden kann.

Diese Gewalt vergiftet ebenso wie Gas die Atmosphäre in und zwischen den Körpern. Sie ist allumfassend, allgegenwärtig und ihr Ursprung zunächst überindividuell. Folgerichtig ist der Mann so namenlos wie die Erzählerin. »Der Name tut nichts zur Sache«, heißt es, denn nicht auf dem Einzelschicksal liegt hier das Augenmerk, sondern im einzelnen Schicksal macht Ursula Krechel ein Muster, eine Struktur sichtbar. Eine Struktur, der der »zuzufügende und der zugefügte Schmerz« eingeschrieben ist. Und so ist sie, die Erzählerin, nur eine Platzhalterin, austauschbar wie die Kleider, die die Vorgängerinnen im Schrank zurücklassen, wo sie schließlich selbst ein Kleid zurücklässt. Ihr Problem rührt nicht aus einer spezifischen Gewalterfahrung, kein Trauma geht dem Sprechverbot voran, das Traumatische steckt in der Struktur selbst, der das Personal dieser Erzählung auf je unterschiedliche Weise unterworfen ist und die sie zugleich mit verantwortet.

Das Problem ist überindividuell, aber es hat konkrete Auswirkungen im individuellen Leben. Der Visitenkartenbesitzer bindet die Ich-Erzählerin an sich, bestimmt die Regeln, befiehlt selbst da noch, wo die Ich-Erzählerin sich ins Narrativ des Schlagens einordnen, ihn mit ihrer Halskette ein bisschen schlagen soll. Und sie, von jeher in diese Ordnung hineingewachsen und hineinerzogen, fügt sich und registriert an sich einen »Defizit an Widerspruch«. Zu widersprechen übersteigt die individuellen Kräfte da, wo eine ganze Struktur, jahrhundertealte Muster ausgehebelt werden sollen. Ein Muster wie jenes, dass der Mann selbstverständlich und wie nebenbei die Frau in Besitz nimmt, als wäre sie ein Ding. Er ist durch und durch Besitzer, Eigentümer (erster unveräußerlicher Besitz: der eigene gepeitschte Körper!), ihr hingegen gehört nichts. Sie ist jederzeit veräußerbar, ersetzbar und soll »ein Gesicht machen, das ihm gefällt«. Krechel nimmt solche alltäglichen Redeweisen auseinander. Bei »Was machst du für ein Gesicht« löst sich das Gesicht gewissermaßen von der Person ab, wird zur Maske, zu etwas, das man anlegt, ohne Verbindung zu einem Gefühl oder Empfinden. Wenig später stellt sich die Erzählerin vor, wie sie eines Tages aufwacht und: »... kein Gesicht wird mehr auf der Vorderseite meines Kopfes sein.« Ein interessanter Gedanke. Damit würde sie genau die Frau ohne Eigenschaften, die der Mann mit Bildern imaginierter Weiblichkeit füllt. Die Diskrepanz zwischen Imagination und Realität könnte kaum größer sein, wenn es heißt: »Der Mann sagt am Tisch: Was hast du da wieder gezaubert! Dabei lacht er. Verzaubert. Aber ich habe nicht gezaubert, ich habe Kaltes erhitzt und in eine Verbindung gebracht mit Hilfe eines Rührlöffels.« Die Nüchternheit der Erzählerin hat eine solche Komik, dass darin der Irrsinn derartiger geschlechterspezifischen Imagos deutlich aufscheint.

Auch historisch gesehen sind Frauen, die jahrhundertelang ins Private verbannt wurden, Frauen ohne Eigenschaften. Ohne Einfluss. Ohne Gesicht, über jenes Gesicht hinaus, das der Mann an ihnen sehen wollte. Im Privathaus, schrieb Virginia Woolf vor gut einem Jahrhundert, waren sie von Außenwelt und Öffentlichkeit abgeschnitten, fanden keinen Eingang in Biografien oder Geschichtsschreibung. Sie hatten in der Öffentlichkeit keine Stimme. Waren stumm. Krechels Ich-Erzählerin, so scheint mir, ist eine Erbin dieses Schicksals. Auch 2001 muss sie immer noch feststellen: »Wichtig war, dass meine Stimme keinen Anstoß erregte.« Auch für sie ist die Welt aufgeteilt in eine Außer-Haus-Welt, ein Wir der Geschäftemacherei, zu der sie keinen Zugang hat, und ein privates Wir der Beziehung. Ein anderes Wir neben dem privaten steht ihr nicht zur Verfügung. Während der gesamten Erzählung ist sie auffällig allein. Und noch das Schreiben steht unter dem Einfluss der bedrohlichen Stimme, dieser »Einschüchterung«, für die, wie die Ich-Erzählerin sinniert, kein Gericht zuständig ist. Denn sie ist ungreifbar, nicht dingfest zu machen. Virginia Woolf stellte fest, dass schreibende Frauen nicht nur wie ihre männlichen Kollegen mit der Gleichgültigkeit der Welt ihrem Schreiben gegenüber konfrontiert, sondern darüber hinaus noch den Feindseligkeiten und Demütigungen dieser Welt ausgesetzt sind.

Die Handlungsoptionen, die der Ich-Erzählerin bleiben, sind die Abreise, die Trennung, das Gehen. Das Schweigen natürlich sowieso. Einen Notausgang, um dieser Misere zu entkommen, gibt es nicht. Für sie geht es vom Regen in die Traufe, und so landet sie schließlich in einem Kriegsgebiet. Auch das ist kein Zufall. Krechel schickt ihre Figur nicht etwa nur deshalb dorthin, weil der Krieg die rohste und brutalste Form von Gewalt darstellt und das menschliche Wort gänzlich zum Verstummen bringt, sondern weil patriarchale Strukturen in letzter Konsequenz zwangsläufig zu Krieg führen.

Die ihnen innewohnende Gewalt, insbesondere in Form der Unterdrückung von Frauen, bricht sich offen Bahn. Es war Virginia Woolf, die als erste den unmittelbaren Zusammenhang zwischen patriarchalen Strukturen und Krieg erkannte. In *Drei Guineen*, ihrem großen politischen Essay von 1938, am Vorabend des Zweiten Weltkriegs, erklärte sie, dass eine auf Hierarchie, Rivalität und Konkurrenz basierende Gesellschaft immer ans selbe Ende führe: zu Kampf und Krieg. Eine Ordnung, die dem Überlegenheitswahn eines Geschlechts, einer Nation, einer Kultur über andere Geschlechter, Nationen, Kulturen Vorschub leistet, ist notwendigerweise eine kriegstreibende Ordnung. Woolfs radikale Analyse lässt außerdem den Schluss zu: Je mehr Sexismus und Misogynie, desto weniger Demokratie.

Mittlerweile haben wir auch den Zusammenhang zwischen der Ausbeutung fossiler Energien und der Sicherung autokratischer oder diktatorischer Herrschaft verstanden. Vor zwanzig Jahren wussten wir das noch nicht. Aber so weitsichtig kann Literatur manchmal sein: *Der Übergriff* hat schon 2001 zusammengedacht, was uns erst der jüngste Krieg, der Angriffskrieg Russlands gegen die Ukraine, in Zeiten der nahenden Klimakatastrophe erschreckend vor Augen führt: auf welche Weise das toxische Gas patriarchaler Herrschaft und das konkrete fossile Gas von Autokraten und Diktatoren einander bedingen. Und wie uns, solange wir uns nicht von diesen Gegebenheiten befreien, immer wieder der Mund und am Ende die Existenz verboten werden kann. Damit hat Ursula Krechels hellsichtige Erzählung, 2001 noch der Gegenwart voraus, nun ihre Zeit gefunden.

Aber an dieser Stelle endet sie nicht. Denn entgegen der Aussage der Erzählerin ist sie auch eine intensive Auseinandersetzung mit den und ein Plädoyer für die Möglichkeiten des Widerspruchs. Eine davon ist der Text selbst. Er widerspricht nicht zuletzt der heute oft gehörten Behauptung, früher habe man alles sagen dürfen, heute dagegen nichts mehr, die vor allem von jenen erhoben wird, die jahrhundertelang das Sagen hatten.

Und nimmt man Krechel beim Wort, so gilt es, diesem Wort, jedem Wort die Schönheit zurückzugeben, »damit es den geschlossenen Mund überlebt«. Eine Schönheit, wie sie sich etwa in der Schilderung von Stille entfaltet. »Die asiatische Leisheit beim Gehen, beim Lesen ist nicht die Abwesenheit von Lärm, eher ein Ausgeatmethaben, eine prunkende Leere, ein Luftraum, der sich mit dem Rücken zur Wahrnehmung wieder von selbst schließt.«

Und so ließe sich langsam vorangehen, auf der Achse der Achtsamkeit.

INHALT